「どうせ舐めるなら、おいしそうなのがいい」
舌先で耳たぶをなぞられ、中に舌が入ってきた。

illustration by TOMO KUNISAWA

舐《な》め男《だん》～年《とし》上《うえ》の生《せい》徒《と》にナメられています～

西野 花
HANA NISHINO

イラスト
國沢 智
TOMO KUNISAWA

Lovers Label

CONTENTS

三倉杜望《みくらともも》は手にしたスマートフォンの画面をじっと眺《なが》めていた。

自室の窓《まど》の外では低く唸《うな》る風の音がびゅうびゅうと鳴っている。この週末は爆弾低気圧《ばくだんていきあつ》とやらが来ているらしい。だがそんな音も、今の三倉の耳には入って来なかった。

三倉が見ているのは某《ぼう》アプリサイトだ。あまりおおっぴらに言えないような性癖《せいへき》を持つ者達が集まるところである。

何故《なぜ》、そんなところを見ているのかというと、三倉は先週、つきあっていた男と別れたばかりなのだ。

何故、別れたのかというと、今思えば性の不一致《ふいっち》というやつだ。元交際相手も男性だったが、三倉は相手に抱かれる度に苦痛を感じていた。多城《たしろ》という男だったが、彼はどちらかというと自分本位のセックスをするタイプで、三倉がどうして欲しいのかということは考えてくれなかった。また、多城は経験豊富でこれまでの交際相手もそれなりに多かったらしく、それに対して三倉はほとんど経験がなかった。

今にして思えばどうしてつきあっていたのかとも思ったが、あの時は仕方がなかった。

その時の三倉は、人間関係や仕事など色々な面でうまくいかなかった時期で弱っていたのだ。

そんな時に優しくされてしまったら、気持ちが傾《かたむ》いても仕方がないだろうと思う。結局、三倉は多城と付き合うことになった。だが半年もすると、徐々に多城の身勝手さや、行きすぎた強引さなどに違和感《いわかん》を覚えるようになり、一年を過ぎた頃には三倉の仕事のほうも忙《いそが》しくなってきたこともあって、あっさりと終わりを迎《むか》えてしまったのだ。

それでも縁《えん》があってつきあうようになったのだから、別れてしまったのは寂《さみ》しいと思う。三倉は自分が意外に情の強いタイプだということを、その時初めて知った。

恋人と別れてからしばらくは失意の日々を過ごした三倉だったが、いい加減《かげん》落ち込んでばかりいるのも嫌《いや》になってきた。それでふと思い立って出会い系アプリに手を出してしまったのだが、これはどうやら少し先鋭化《せんえいか》したタイプのマッチングアプリらしかった。

とにかく、登録している人間の性癖が前面に押し出されている。自分の好みのプレイを事細《ことこま》かに羅列《られつ》している様子は、ある種、壮観《そうかん》でもあった。人はここまで欲望に正直になっていいのだとも思えてくる。

(……俺も登録してみようかな……)

その日はたまたま深酒をしていて、ふと、魔が差してしまったのだ。

多くのサムネイルにならって、片手で顔の上半分を隠《かく》し、自撮《じど》りをする。画面に写った自分のそんな姿は、何故かやけに卑猥《ひわい》に見えた。

プロフィールはしばらく悩み、迷《まよ》った末にこう書いた。

『恋人と別れ、寂しい日々を送っています。行為はあまり慣れていませんが、今度は尽《つ》くされるようなセックスがしてみたいです。ずっと舐められたりしてみたい』

（あからさますぎか？　こんなの……。でもみんな、もっとすごいこと書いてあるし……）

酔《よ》いも手伝って、結局、三倉はそのプロフィールと写真を登録してしまった。

「今日はサルサライスと鮭《さけ》のムニエル、フルーツのヨーグルトサラダを作っていきます」

十五名ほどの生徒を前に、三倉はにこやかにレッスンを開始する。集まった面々は若い女性が半数を占めるが、中には男性も混じっていた。最近はこういうのも珍《めずら》しくない。やはり食は生活する上での基本であり、厨房《ちゅうぼう》に立つのは男も女もない。いい傾向だと思っている。

三倉は都内にキッチンスタジオを持ち、料理教室を開いていた。ＳＮＳや動画を使い、最近人気のフードコーディネーターとして売り出し中だ。

スタジオは、二年前に亡《な》くなった祖母から譲《ゆず》り受けたマンションをリノベーションしたものだ。新しくはないが、逆にレトロ感がおしゃれだといって女性受講者に受けがいい。

レッスンは今のところ週に四回開いている。この他には雑誌に料理関係のレシピやエッセイを書いていて、まあまあ余力を残して食えている感じだった。そして少人数の完全予約制のレッスンも開いており、こちらは週に一回枠《わく》を設定しているが、今のところは月に半分くらいは埋《う》まっていた。

三倉は失恋して以来、以前よりも仕事に打ち込むようになっていた。今年で二十五歳になることもあり、これまでレストランやカフェで働いた経験を生かして、ちゃんと独《ひと》り立ちをせねばと思っていた。色恋にうつつを抜かしている場合ではない。そう気持ちを引き締め、その日のレッスンも無事に終えた。

生徒が帰ってから雑事を片付け、帰路に着く。スタジオで生活できないこともないが、三倉は仕事とプライベートの場は分けたいタイプだった。

軽く一杯《いっぱい》飲みたい気分になって、電車に乗る前に適当なバーに入る。中は思ったよりも混んでいて、席を見つけるのは難しそうだった。これは駄目《だめ》そうだな、と思った時、自分を呼ぶ声が聞こえた。

「三倉先生」

声のするほうを見やると、そこには今日のレッスンに来ていた三人の男性の生徒がいた。男性の生徒はどうしても目立つので、よく覚えている。彼らはレッスンの中で仲良くなったのか、一緒に飲むようになったらしい。

「ここ、空《あ》いてますよ。よかったら座りませんか？」

「いいんですか？」

「もちろん。一緒に飲みましょう」

三人の中で一番年長の生徒が言う。佐埜令一郎《さのれいいちろう》という男だ。レッスン申し込みの職業欄《らん》には、不動産業と書いてあったような気がする。確か年齢は三十五歳で、落ち着いた、いかにも大人という感じの男だ。感じがいいので、教室に来る女性にも人気がある。

「ありがとうございます。佐埜さんと、榎本《えのもと》さんと鷹野《たかの》さん、ですよね？」

彼らは何度かレッスンに来ているので名前と顔は覚えている。

「ども」

榎本友介《えのもとゆうすけ》は黒縁《くろぶち》の眼鏡《めがね》をかけた少し無口な男だった。容姿《ようし》は悪くないと思うのだが、少しオタクっぽい。レッスン中は黙々《もくもく》と手を動かしている印象だった。

「先生、おつかれ」

最後の男は、鷹野湊人《たかののみなと》といった。三人の中では一番若い、確か三倉と同じ二十五歳のはずだった。どこか夜の街を思わせるような、水商売っぽい雰囲気《ふんいき》をしている。三倉はこの男の顔と名前に、どこかで覚えがあったような気がする。気のせいだろうか。

「はい」

「あ、ありがとうございます」

榎本からメニューを手渡される。見かけよりも親切なのかもしれない。メニューをとってくれただけで大げさかな、と思いながらも、三倉は目を通した。

「ロティサリーチキンが美味《おい》しいらしいですよ」

「じゃあそちらを。あとモヒートお願いします」

ドリンクと飲み物をオーダーして手を拭《ふ》く。

「先生はこのお仕事されて、どれくらいになるんですか?」

「まだ二年たってないんです。最近やっと軌道《きどう》に乗ったばかりで」

佐埜の問いに、運ばれて来たドリンクを手にして答えた。全員で改めて乾杯《かんぱい》して、モヒートを口に運ぶ。

「先生のレッスンはわかりやすい。毎回、家に帰ってから作っていますよ」

「本当ですか。嬉《うれ》しいです」

自分の教えた料理が誰かの身になっているというのは、何よりもやりがいを感じるものだ。

「俺も、ちゃんとモノにしてます。一人暮らしだし、食生活が不規則になるとパフォーマンスも落ちるんで」

「榎本さんは何のお仕事されてるんですか?」

佐埜に続いて話した榎本に三倉は話しかけた。

「ITの技術屋です。フリーランスだから在宅多いんで」

「独立《どくりつ》されてるんですか。すごいですね」

「榎本さんの場合、単にコミュ障《しょう》だからっしょ」

鷹野がからかうように口を挟《はさ》む。榎本は一瞬むっとしたような顔をしたが、自覚があるのか

「まあな」と言って否定はしなかった。

「俺的には客商売なんて考えられないけどな。特にホストなんて」

やはり鷹野はホストという仕事をしているのだ。それにしても、不動産業にＩＴ関係、ホストだなんて、すごい取り合わせのような気がする。話題が合うんだろうか。

「……先生、俺のこと覚えてない？」

「え？」

「高校の時、同じ学年だったんだぜ。一緒のクラスになったことはなかったけど」

「――――」

鷹野に突然そんなことを言われて、三倉は記憶の底をさらってみた。鷹野湊人。同学年。

「あ」

過去の断片《だんぺん》が、急に頭の中に浮かび上がってきた。

「隣のクラスだった。テニス部の――――」

「やっと思い出したかよ」

鷹野はやれやれと言う表情で笑う。彼は確かに三倉と同じ学年にいた。とにかく目立つ生徒で、いつも違う女の子を連れていたという印象だった。素行《そこう》はあまりいい方ではなくて、クラス委員などをやっていた三倉は、少し苦手だったという思い出がある。

「話したことはなかったから」

「そりゃ三倉先生はお堅《かた》いクラス委員だったからな。今こんな表に出る仕事してるなんて、けっこう意外だったぜ」

鷹野の言葉に三倉は小さく笑う。

「料理は昔から好きだったんだ。母子家庭だったから、少しでも母親に楽をさせたくて」

その母親も三倉が大学生の頃に再婚したので、お役御免《ごめん》となった。そこから自分のための料理を模索《もさく》し、この道を選んだのだ。

「三倉先生らしい、優しいエピソードですね」

「そんなんじゃないですよ」

佐埜に言われて、慌《あわ》てて首を振る。

「せっかく好きなことを見つけたんだから、何かに生かせないかと思っただけで」

オーダーした料理が届いたタイミングで、三倉は佐埜に水を向けてみた。自分の話をされるのはなんだかくすぐったい。

「佐埜さんは奥さんに作ってあげたりするんですか？」

「いや、俺は独身ですよ」

そう返されて、今の質問は不躾《ぶしつけ》だったかなと反省する。

「あ、ごめんなさい、立ち入ったことを」

「いやいや全然。何しろ不誠実《ふせいじつ》な人間なのでね。これまで真剣《しんけん》に一人の人と付き合ったことが

と思う。

なかった」

「そんなふうには見えませんけど」

佐埜は物腰《ものごし》も丁寧《ていねい》で、見るからに優しそうだ。こんな男性に愛されたら幸せなのではないか

「人間、見た目じゃねえよ」

「それは、鷹野君が実は誠実な男だっていうことをアピールしたいのかな？」

「は？　当たり前だろ」

「年上に対してタメ口ってどうかと思うけどね」

「やだなあ。俺と榎本さんの仲じゃないっすか」

鷹野と榎本のやりとりに、佐埜と目線を合わせて苦笑する。どうやら三人はけっこう親睦《しんぼく》を深めているらしい。自分の教室で生徒同士がこうして仲良くなっているのは嬉しかった。

「今度、ぜひプライベートレッスンをと思ってるんですよ」

「え？　皆さんでですか？」

佐埜は頷《うなず》いた。

「男同士で気兼《きが》ねなくと思っていてね」

「もちろん大歓迎《だいかんげい》ですよ。いつでもどうぞ」

三倉が言うと、テーブルに置いた手に佐埜が手を重ねてくる。どきりとした。

「楽しみにしていますよ」

「佐埜さん、それセクハラじゃないですか」

榎本に指摘《してき》されて、佐埜は慌てて手をどけた。

「おっと、失礼しました」

「いえ、全然」

不思議《ふしぎ》だった。いくら佐埜が魅力的《みりょくてき》な男だとしても、いきなり触れられたりすれば多少の嫌悪感《けんおかん》があっていいものなのに、どういうわけかそれが感じられなかった。

(別れたばかりだからだろうか)

そんなことを思って、三倉は内心で自分を窘《たしな》めた。恋人と別れて寂しいからって、生徒に対してそんなことを思ってはいけない。佐埜さんはそんなつもりじゃないに決まっているのに。

それに、佐埜は三倉の恋人になるにしては、ずいぶんともったいないような気がした。彼はきっと社会的な地位が高いだろうし、もっと素敵《すてき》な人が似合う。

(そういえばあの出会い系サイト、あれから見てないな)

登録してからそのことを後悔《こうかい》したので、どうなったのか見ていない。もしかしたら何か来ているかもしれないが、三倉はそれを確認するつもりはなかった。自分の恥《はじ》と向き合いたくない。

(まあ、どうせ何も来てないだろう)

その件は、そのままスルーするつもりでいた。

興味がないわけではなかったが、やはり少し怖《こわ》い気もする。

「――三倉さあ、付き合ってる奴とかいるの」

いきなり鷹野に話を振られて、ハッとなった。なんと答えたらいいかわからず、思わず言いよどんでしまう。だがつい正直に答えてしまった。

「実は別れたばかりなんだ」

「マジですか」

最初に反応したのは、意外なことに榎本だった。

「相手は女ですか、男ですか」

「え、あの……」

「男だろ。なんかそんな感じする」

鷹野に見破《みやぶ》られてしまって、否定することもできなかった。

「……そうだったら引くか？」

「別に。今時めずらしくもないだろ」

「どうして別れたんですか？」

榎本の追撃《ついげき》に、三倉はモヒートを飲み干《ほ》す。横を通りかかった店員に同じものを頼んだ。

「……すれ違いが多くなったとか、いろいろあるけど」

「身体の相性とか？」

「それもあったかもしれない」

今日は酔いが回るのが速くて、三倉は問われるがままに話してしまっていた。

「あー、お前けっこうねちっこくされるの好きそう」

「そうかな。確かに相手は自分だけ満足すればいいタイプだったかもだけど」

「それは気《き》の毒《どく》ですね。セックスの相性は非常に大事です」

なんだか変な方向に話題がシフトしていっているような気がする。だが杯《さかずき》を重ねていくうちに、あまり気にならなくなっていた。

「先生って、どういうふうにされるのが好きなんです？」

食い気味《ぎみ》に質問してくる彼らに戸惑《とまど》いつつも、その夜は楽しく過ごせたような気がした。

それから数日後、三倉の元にプライベートレッスンの予約が入った。希望者は佐埜令一郎、鷹野湊人、榎本友介の三人である。その名前を見た時、三倉は少しだけどきりとした。

（このあいだ、何か変なこと言ったりしてないだろうな）

あの時はつい深酒をしてしまって、気がついたらタクシーの中にいた。後日、慌《あわ》てて佐埜にメールを送ってみたけれども、醜態《しゅうたい》は晒《さら》していないと返事が来た。だが本当だろうか。

怖々としながらも、三倉はその日を迎える。週末の夕方、彼らはスタジオに姿を現した。

「こんばんは、先生」

「今日はよろしくお願いします。……この間、酔《よ》っ払《ぱら》ってしまったみたいですみませんでした。迷惑《めいわく》とかかけませんでしたか？」

「大丈夫ですよ。酔った先生は可愛かったです」

さらりとそんなことを言われて、またどきりとする。それを誤魔化《ごまか》すように、レッスンのメニューを説明した。

「リクエスト頂いたので、今日は和食にしてみました」

プライベートレッスンの時は、生徒からリクエストをもらってメニューを決定することが多い。今回は和食とのことだったので、和牛を使ったメニューを中心に献立《こんだて》を考えてみた。

榎本と鷹野も真面目《まじめ》に取り組んで、料理のほうも素晴《すば》らしい出来映えだった。全員で試食し、満足そうな顔を見られて三倉もまた充足感《じゅうそくかん》を得る。

「すごく上手に出来ましたね。ご自宅でもまた作ってみてください」

「先生の教え方がうまいからですよ」

「本当。丁寧でわかりやすいし、なんで彼氏と別れるはめになったのか理解できないんですけど」

「……榎本さん、今はその件は……」

先日、失恋したという話をしたことはなんとなく覚えていた。素面《しらふ》に戻ってから、三倉はひどく後悔したのだ。いくら酒の席だからと言っても、生徒にそういったことを話すものではなかった。

そして洗った食器を片付けていると、鷹野が突然、口を挟んでくる。

「三倉、お前、出会い系登録してたろ」

「――――！」

うっかり皿を落としそうになった三倉は、すんでのところで耐《た》えた。

「え、な、なに……」

「この間、お前酔っ払ってた時、スマホ見たんだよな。ロックの番号、誕生日とかにしたらダメだぞ」

「どうして見たんだ！」

「どうしてって、そりゃ見るだろ」

鷹野が酷薄《こくはく》そうな笑いを浮かべて三倉を見る。その時、何か妙《みょう》な感じに空気が変わったことに気づいた。

「お前に興味あるし」

「せっかく俺達がメッセージ送ったってのに、無視しやがって」

「……!?」

三倉はスマホを取り出し、それまで放置していたマッチングサイトを開いた。するとメッセージのアイコンに赤い印がついていることに気づく。開くと、いくつかのメッセージが届いていた。

「俺達、どうも三人とも先生にメッセージ送ってるっぽいんですよね」

榎本がぼそりと呟《つぶや》く。

「え？　え……？」

三倉には事の次第がよくわかっていなかった。つまり、彼らはマッチングサイトの三倉の文章を見て、それぞれにメッセージを寄越《よこ》していたのだ。

「俺が『キング』、榎本氏が『よしぞう』、佐埜さんが『一郎』。――――あるだろ、メッセージ」

三倉は急いで言われた名前を探す。あった。確かにその名前で来ている。

『欲求不満なら俺が満たしてあげる。絶対忘れられない夜にしてやるよ。キング』

『性癖が一致する人をようやく見つけました。いっぱい舐めてあげられると思います。よしぞう』

『お顔の半分からも綺麗《きれい》な人だと推測《すいそく》します。私も舐めてあげるのが好きなので、お好きなところを何度も舐めて泣くまでイかせてさしあげたいです。一郎』

「こ……これっ、て」

衝撃《しょうげき》に喉《のど》がヒリついて、掠《かす》れた声が出る。こんな卑猥《ひわい》なメッセージが、目の前の三人から送られてきていたなんて。

「確認してなかったんだろ？　ったく仕方ねえな。俺達が教えてやらなかったら、ずっと放置か」

鷹野の言葉に、榎本もやれやれと肩を竦《すく》めて続ける。

「まあ、こいつらないなと思ったなら仕方ないですけど、登録したのに放置はよくないですよね。こちらは少なくとも性癖には真剣なんですよ」

「――――すみません」

スマホを勝手に見られたのはこちらなのだが、なんとなく自分も悪いような気がして、三倉は謝ってしまった。

「失恋したてだったら、そういうこともあるでしょう。仕方ないですよ。でももう確認しましたよね。どうです？　我々三人では」

一番紳士的《しんしてき》なのに、一番きわどいメッセージを送ってきた佐埜にそんなことを言われて、三倉は狼狽《うろた》えた。

「どうって？」

「我々に可愛がられるということですよ」

「ちょ、ちょっと待ってください。そんなこと」

三倉が思わず後ずさると、カップボードに背が当たった。いつの間にか彼らが調理台を回り込んで距離を詰《つ》めてきている。

「な、何で俺だってわかったんですか？　顔だって、あれじゃわからないと思いますけど……」

そう言い訳しつつも、三倉の語尾は後半に行くにつれ自信なさそうに小さくなった。いや、見る人が見れば、あれでも三倉だと判別できたのではないだろうか。三倉のことを知っている者が見れば、似ているなくらいは思うかもしれない。

「放置じゃなくて、削除《さくじょ》すればよかったですね」

榎本が言った。

「俺、そのアプリの運営の仕事手伝ってたことあるんですよ」

そういえば、確かに彼はＩＴ関係の仕事をしていると言っていた。

「だから先生の個人情報抜くのは、そんなに大変じゃなかったです」

「なんてことを……」

「すみません」

榎本はぺこりと頭を下げる。

「でも、どうしてもお近づきになりたかったんで」

「というか、三倉先生はすごくわかりやすかったんです」

佐埜の声に彼のほうを向いた。三人はもうすぐ側まで迫《せま》ってきている。胸がどきどきして、今にも呼吸が乱れそうだった。

「失恋の痛手から立ち直ろうと、一生懸命《いっしょうけんめい》普通に振る舞おうとしてるのに、肉体が満たされていない人間特有《とくゆう》の雰囲気が出ているんです。ご自分じゃ気づかれないかもしれませんが」

「つまり危うい感じだったたってわけ」

「そんな」

彼らの言う通り、自分ではまったく気がつかなかった。

「心配しなくていいですよ。俺達のようによこしまな目で先生を見ていなければわからないでしょうから」

とうとうぎりぎりまで追いつめられた。もうこれ以上後ろに下がることができなくて、三倉は生徒達に囲まれてしまう。まるで追いつめられた獲物《えもの》のようだった。

「どうするつもりですか」

それでもなんとか平静を保とうとして、毅然《きぜん》とした声で告げる。

「欲求不満なんだろ？」

「――――っ」

鷹野の指が三倉の上半身の中心に当てられ、そこからつうっ、と上がってくる。たったそれだけで、乱れた息が零《こぼ》れてしまった。

「ち、違う」

首を振って言い訳するように告げた。

「だって、元彼とはあんまり身体の相性よくなかったから」

だからセックスの悦《よろこ》びはあまり知らない。三倉はそう言おうとした。

「なるほど。だからああいうメッセージだったんですね。奉仕《ほうし》されてみたい、と」

あからさまな佐埜の言葉に、カアッと顔が熱くなる。三人がかりで詰められ、まるで丸裸《まるはだか》にされているみたいだった。自分の性癖を暴《あば》かれてしまい、今にも逃げ出したいほどの羞恥《しゅうち》に苛《さいな》まれる。

「そんな顔をしないでください」

佐埜の手で頬《ほお》を撫《な》でられた。びくん、と肩が揺《ゆ》れる。

「俺達は先生に気づいてあげられてよかったと思ってるんです。何しろあなたはとてもおいしそうだ」

「お……おいしそう?」

「そう」

佐埜の親指が頬から唇《くちびる》へと触れた。

「舐《な》めたらどんな味がするんだろう」

「先生、舐《な》め犬《いぬ》って知ってます?」

榎本の声に首を横に振る。

「ひたすら相手を舐め尽くすのが好きな奴のことですよ」

「まあ、俺は相手を選ぶけどなあ」

鷹野が榎本の言葉を受けて笑った。

「俺もですよ。どうせ舐めるならおいしそうなのがいい」

佐埜が唇を三倉の耳に寄せてきた。舌先で耳たぶをなぞられ、中に舌が入ってきた。くちゅ、という音が頭蓋《とうがい》に響《ひび》く。

「んうっ」

そのまま耳の中を嬲《なぶ》られて全身から力が抜けていった。押しのけようと弱々しく手を突っ張っても、少しも力が入らない。そのうちに反対側の耳にも、榎本が舌先を伸ばしてきた。

「ああっ」

両の耳をくちゅくちゅと舌で犯《おか》され、立っていることも難しくなる。がくがくと震《ふる》える膝《ひざ》から、今にも力が抜けてしまいそうだった。腰から背中にかけて、官能《かんのう》の波が何度も駆《か》け上がる。

「あ、は、ぁ」

敏感《びんかん》な耳を両方から責められて、抵抗する気力がどんどん削《けず》られていく。こんな感覚は初めてだった。

「ちょっと耳を舐められただけで蕩《とろ》けた顔しやがって……」

そんな三倉の目の前に立つ鷹野が、ひどく愉快《ゆかい》なものを見るように見下ろしてくる。彼は三倉の顎《あご》を取ると、その唇に口づけてきた。

「う、んんっ」

唇を吸《す》われ甘く呻《うめ》くと、無遠慮《ぶえんりょ》な舌がするりと口内に入ってくる。ひどく巧《たく》みな舌で敏感な粘膜《ねんまく》を舐め上げられ、びく、びく、と背中が震えた。舌を搦《から》め捕《と》られて、ちゅるるっと吸われると、腰の奥が甘い感覚に突き上げられる。

「……は、はぁっ…」

耳と口の中を同時に可愛がられて、それがようやっと離れた時は、三倉は目に涙を浮かべていた。身体中がじんじんと脈打《みゃくう》って、まるで力が入らない。

「どうする、三倉」

鷹野の低い声が甘く響いた。

「いつも仕事しているここで舐めてやろうか。俺達はそれでも構わないぜ」

「ここに泊まることもあるんでしょう？　寝室はどちらですか？」

佐埜もまた誘惑《ゆうわく》するように囁いてくる。

(だめだ、こんな)

「こ、こんなこと――――したら、いけない」

「どうしてですか？」

榎本がひどく不思議そうに聞いてきた。

「別に悪いことじゃないでしょう。お互い楽しむことはいいことだ」

確かに、そうかもしれない。彼らは皆、既婚者《きこんしゃ》ではないし、三倉だってそうだ。そんな自分たちがどんな行為をしたって、誰に咎《とが》められるわけでもない。

だが、いいのだろうか。こんなことをして。

「三倉。さっさと決めないと、ここでヤるぞ」

「――――…っ」

鷹野の最後通告《さいごつうこく》のような言葉に、三倉の喉がひくりと動く。そして、震える手が上がり、ドアのひとつを指さした。

スタジオにある寝室は六畳に満たない小さな部屋だが、自宅とは違い、物が少ないので充分な広さだった。

だが、今はその部屋に男四人が入り、横たわった三倉の衣服をそれぞれが剝《む》こうとしている。

「あ、あ……」

「怖がらなくて大丈夫ですよ。気持ちいいことしかしませんから」

下着だけの姿になった三倉に、佐埜が落ち着いた声で囁《ささや》いた。

「俺にも舌を吸わせて下さい」

「んぁっ…」

佐埜に唇を奪《うば》われ、するりと舌が入ってくる。上顎の裏側をくすぐるように舐められてしまい、細かな震えが走った。

「ぁ、ん、ん……っ」

甘い刺激に鼻にかかったような声が漏《も》れてしまう。けれど三倉が口づけの感覚だけに酔っていられるのはそこまでだった。

「んんっ！」

脇腹《わきばら》を鷹野に舐め上げられ、上体がガクン、と跳《は》ね上がる。刺激に弱いそこは、舌がそりそりと動く度にくすぐったいような、痺《しび》れるような感覚を呼び覚ましていった。そして下半身には榎本がいて、太腿《ふともも》の内側に吸いついている。

「あ……っ、や……っ」

三人がかりで嬲られるのは屈辱的《くつじょくてき》だった。だが、彼らの愛戯《あいぎ》は巧《たく》みで、身体中を這《は》う舌と唇、そして指の動きは、三倉から抗《あらが》おうとする気力も力も奪っていく。

(力が入らない)

自分の身体はこんなに刺激に弱かったろうか。いや、そもそも、こんなに丁寧に愛撫《あいぶ》してもらったことなど、今までになかったのではないだろうか。元恋人はおざなりに後ろを解《ほぐ》すだけで、あとは性急に自身を捻《ね》じ込んできた。準備が足らないこともままあって、そんな時、三倉はいつも苦痛に耐えていたのだ。

「ふ、あっ……あ、んん、ああ…っ」

こんな声、今まで出したことがない。じっとしていられず、ベッドの上で身体がうねる。反《そ》った喉を舐め上げられ、肌の下をぞくぞくと愉悦《ゆえつ》が走った。

「先生の肌、おいしいですよ……」

太腿を舐めている榎本が興奮《こうふん》したような声で言う。足の付け根につうっと舌先を這わせられて、脚の間にずくん、と快感《かいかん》が走った。思わず背を浮かせると、その間に手を差し込まれて背中を撫で上げられる。

「ああっ……」

「いつまでも舐めていられますね」と佐埜が言った。

自分の身体から、ぴちゃ、くちゅ、という音がいくつも聞こえてくる。まるで三倉自身が食材にでもなったようだ。

「う、うっ」

「たっぷり時間をかけて、よくしてやるよ」

「ああ、ひぅっ…」

鷹野に臍《へそ》の周りをちろちろと舐められて、腰が浮きそうになる。

「もう勃起《ぼっき》してんじゃん」

「あっ……」

三倉の股間《こかん》はまだ下着をつけたままだが、布地をめいっぱい押し上げて隆起《りゅうき》していた。そしてさっきから気づいていたのだが、彼らは三倉の身体を遠回しに嬲り、決定的に快楽《かいらく》を得る部分は刺激しない。三倉の肉茎はもう刺激を求めてずくずくと疼《うず》き、乳首も勃《た》ち上がっているというのに。

「すごいスケベな身体ですね、先生……」

三倉の足の指をしゃぶっていた榎本が、感心したように言った。

「こんなにいやらしい身体を充分に愛してあげられなかったなんて、先生の元恋人は不幸な男だと思いますよ」

「い、いやらしくなんか……っ」

佐埜の言葉にふるふると首を振る。違う。こんな恥ずかしいことをされれば、誰だってこうなる。俺がいやらしいんじゃない。

「正直になれよ」

「ああっ！」

鷹野が三倉の片方の乳首をぺろりと舐め上げる。その瞬間に、身体に電気が走ったようだった。

「はっ、は……っ」

けれど鷹野はすぐに舌を離してしまう。たった一度舐められただけなのに、三倉の胸の突起《とっき》はじんじんと熱を持っていた。

「三倉先生。素直になれば、俺と鷹野君とで先生の乳首を両方いっぺんに舐めてあげますよ」

反対側から佐埜が耳元で囁いてくる。彼の声は甘く響いて、三倉の背筋《せすじ》をくすぐった。

「ああ、んん……っ」

素直になる。それは本能《ほんのう》のまま、快楽《かいらく》を求めるということだろうか。三倉は確かに元恋人とは違うセックスを望んでいたが、まさか複数の男とこんなことをするとは思ってもみなかった。

一度そんなことに足を踏み入れてしまえば、もう二度と戻ってこられないような気がする。

「先生、パンツ濡《ぬ》れてきましたよ」

榎本が、先走りで三倉の下着が濡れてきたことを指摘する。身体がどこかへ飛んでいってしまいそうに恥ずかしかった。身体の芯《しん》が焦《こ》げつきそうなほどに興奮している。

「おねだりしてみてください。俺達に」

「ど、どう、やって……」

「それはお前が考えろよ」

鷹野に厳《きび》しく言われて、三倉は唇を噛《か》みしめる。頭の中がぐるぐる回っていた。駄目だ。こんなことに溺《おぼ》れちゃいけない。けど苦しい。もどかしい。この欲しがる身体を、思い切り可愛がってもらったら――。そう、虐《いじ》めてもらえたら。

「あ、あ、舐め、てっ……」

気がつけばそんな言葉を口走っていた。尖《とが》った乳首を鷹野と佐埜にまるで突き出すように胸を反らせる。

「俺の、感じるところ――、自分じゃよくわからないから、好きにして、いいからっ……！」

「どうかな？　鷹野君、榎本君」

「まあ、採点甘めですけど、いいんじゃないですかね」

「これからもっとエロエロにしていけばいいわけですし」

佐埜が二人に意見を聞き、二人がそれに答えた。

「俺も初々《ういうい》しくがんばったところがいいと思う。――それでは」

次の瞬間、左右の胸の突起にそれぞれ吸いつかれ、舌先でころころと転がされる。

「……あ、あぁぁあ…っ！」

両の乳首に痺れるような快感が走った。佐埜と鷹野に乳首を舐められ、しゃぶられ、あるいは吸われる。

「すごく、固いね……。ピンピンしてあげよう」

「んっ、んっんっ！」

ぷっくりと尖りきった肉粒を、佐埜の舌先で弾《はじ》くように刺激された。そうされると腰の奥にまで快感が走ってしまう。

「あは、あぁっ……、そん、なに」

乳首をこんなに丁寧に愛撫されたことはなくて、快感の強さに戸惑ってしまう。

「ここだけでイケるようにしてやるからな」

鷹野がじゅううっ、と強く吸ってきた。その途端《とたん》、脳天まで刺激が突き抜けて、三倉は大きく仰《の》け反《ぞ》ってしまう。

「んあぁぁあ…っ」

胸への刺激にばかり気を取られていた三倉は、脚の間を榎本に陣取《じんど》られていたことにも気がつかなかった。膝頭《ひざがしら》を摑《つか》まれ、左右にぐい、と広げられてようやくハッとなる。

そして下着の上から、張り詰めている股間をれろり、と舐め上げられた。

「あ、はぁあ――――～～っ！」

布地の上からでも腰が痺れてしまいそうな快感が走って、三倉の喉からあられもない嬌声《きょうせい》が漏れる。榎本は下着の上から三倉の肉茎に吸いつき、じゅうじゅうとしゃぶっていた。もどかしさの混じる快感がたまらない。

「あっ、あっ、んあぁああ……っ、はぅ、あぁあ…っ」

両側から舌で乳首を押し潰《つぶ》され、肉茎を吸われる。三倉は仰け反ったままでひくひくと身体を震わせた。あまりにいやらしい感覚に、もう何も考えられない。

「はあ……、パンツから染み出てくるの、おいしいっすよ……」

榎本は大きく口を開け、隆起しているそこを頬張《ほおば》るように咥《くわ》えた。

「っ、あ、あ――――～～っ、も、だめぇえ…っ！」

あられもない声が口から迸《ほとばし》る。乳首と股間の快感が繋《つな》がり、三倉の身体の中で大きくうねった。その瞬間、腰の奥が弾ける。

「んぁあああぁあ」

三倉の身体がびくん、びくんと大きく跳ねた。布地の下で、白濁《はくだく》した蜜《みつ》が、どぷっと溢《あふ》れる。

三倉はこれまで感じたことのない絶頂に襲《おそ》われた。

「おお、イったイった」

強烈《きょうれつ》な感覚に、少しの間動けなくなる。頭もくらくらして、呼吸を整えるので必死だった。

「穿《は》いたまま出したから気持ち悪いでしょう」

「あっ…」

榎本が三倉の下着を脱がしてくる。確かに中がべたべたしていたが、脱がされる羞恥にとっさに抗ってしまった。

「先生、往生際《おうじょうぎわ》が悪いですよ。まあ、それも可愛いですけどね」

「んんぁっ」

佐埜と鷹野が、さんざん舐めしゃぶった三倉の乳首を、指先できゅうっと摘《つ》まみ上げる。そんなことをされたら、たちまち力が抜けてしまって、あっさりと下半身が剝き出しにされた。

「うわあ、いっぱい出しましたねえ」

「や、だ、ぁ…っ、みるな……っ」

ろくな悦びを得てこなかった三倉の肉体は、突然の卑猥な行為にひとたまりもなく、たっぷりと濃《こ》い白蜜《はくみつ》を弾けさせてしまった。濡れた秘部を露《あら》わにされて、羞恥と屈辱に目の端《はし》に涙が浮かぶ。

「泣くなよ」

鷹野の舌先が三倉の涙を舐めとる。

「今のとは比べものにならねえほど、もっと気持ちよくしてやるから」

「え、え…っ？　まだ、するのか…？」

「当然だろ。今日はお前のこと最後まで犯す気でいるんだ。たっぷり舐めた後でな」

鷹野の宣言《せんげん》に、三倉は何が起ころうとしているのか理解できない。すると榎本と佐埜が位置を入れ替わり、三倉の脚が大きく広げられた。

「あ――っ、あっ！」

脚の間に、じゅわっ、と熱い感覚が広がる。佐埜が三倉の肉茎を口に含《ふく》んだのだ。先ほどとは違い、直《じか》に舐められて、焦げつくような甘い刺激が下半身を支配する。

「ぅああっ、くあ…あ、あ、は、はぅぅう……っ！」

そんなこと、されたことない。

快楽に弱い器官を咥えられ、ねっとりと舌を絡《から》められながら吸われてしまうと、気持ちよさのあまり泣き出してしまった。腰が勝手に震えて止められない。

「ああ、すごいエロい顔だな」

「そんなに気持ちいいか？」

「ひ、ぁ、や、見るな…ぁっ、はずかし……っ」

感じている顔を見られたくなくて腕で顔を隠そうとするも、榎本と鷹野の手によって簡単にどけられてしまう。三倉はよがり泣く表情をすべて曝《さら》け出してしまうことになった。

「三倉先生は羞恥心の強いタイプなんだな」

「おまけにマゾっ気もある」

「舐め犬の主人にはもってこいじゃないか」

榎本と鷹野が話していることは、俺のことなのだろうか。思考の隅《すみ》にちらりと浮かんだことも、すぐに快楽の波に押し流されてしまう。

「くう……うっ、んはぁああ…っ！」

裏筋《うらすじ》をちろちろと舐め上げられ、先端《せんたん》の割れ目にそって辿《たど》られると、立てた膝頭がガクガクと揺れる。

「気持ちいいか？」

「あ、いやだ、や……っ」

「まだそんなこと言ってるのか？」

異様な快楽に抗えない自分を認められず、必死で嫌々とかぶりを振る。口ではなんと言ったって、身体はもう身悶《みもだ》えするしかないくせにだ。そして三倉のそんな精一杯《せいいっぱい》の強がりさえも、彼らは打ち砕《くだ》こうとしてくる。

「もっとよがらせてやろうか」

両腕を摑まれて、左右それぞれを頭の上に押さえつけられた。そして露わになった脇《わき》の下の肉を、鷹野と榎本に啄《ついば》まれる。

「ひうっ」

無防備《むぼうび》な柔《やわ》らかい肉にちゅっちゅっと優しく口づけられた。両脇から沸《わ》き起こる刺激に耐えられない。けれど力の入らない身体ではどうにもできなかった。やがて脇の下を何度も舌で舐め上げられ、三倉は仰け反って声を漏らす。

「あっ、あ――～～っ、ああっ、ふぁっ、く、くすぐったいっ……！」

「くすぐったいの気持ちいいだろ？」

「あっ、あっ、やぁ、あ～～っ！」

快感とくすぐったさの混ざり合った刺激は、本当にどうにかなりそうだった。肉茎は相変わらず執拗《しつよう》にしゃぶられ続けていて、強烈な快感を生み出している。

「だ、だめ、だめ、あ、あっ！　んんぁあぁぁ――～～っ」

背中を反らし、三倉はまたイってしまう。けれどその愛撫が止むことはなかった。

「あぁ、はっ！　いっ、イってる…っからっ……！」

「まだまだ、舐め足りないからね」

佐埜の唇が白蜜で濡れた先端に、じゅううっと吸いつく。その瞬間に腰が抜けそうになった。

「あ、あ……あっ！」

「元彼にこんなことされたことないでしょう？」

「な…、な、いっ……！」

榎本の囁きに必死に首を振る。この百分の一の愛撫すらもらえなかった。三倉は恍惚《こうこつ》とし、彼らの手管《てくだ》に酔いしれる。身体の奥に眠る欲望を引きずり出されるような快感に溺《おぼ》れてしまいそうだった。

「も、もう、ああ……っ」

だがこんな快楽には耐えられない。どうにかなってしまう。けれどそう訴《うった》えても、彼らは決して許してはくれなかった。三倉の身体の隠れた部分。そんな場所は、大抵感じやすい部分で、彼らのうちの誰かの舌で舐められたりしゃぶられると、たまらない感覚を呼び起こす。三倉はその後も何度かイかされ、びくびくと全身を痙攣《けいれん》させた。

「ひ、あぁっ、あああぁ…っ」

「だいぶできあがってきたな」

立て続けにイかされてしまい、意識がそこいらに漂《ただよ》ってしまっている。しばらく戻ってこられない三倉の身体は、男達によってひっくり返された。

「ここは俺がやる」

「大丈夫か？　童貞《どうてい》君」

「ここまで蕩けてるなら問題ないだろう」

「まあ、榎本君は知識はあるようだからね」

聞こえている会話の内容から、榎本が何かするつもりなのだろう。双丘を両手で、ぐいっと押し開かれ、後ろの窄《すぼ》まりが露わになった。

「あっ、な、なにっ……」

他の場所への刺激でヒクつく後孔を、ぬるりと舐め上げられる。

「ひうっ、ん」

そんな場所にまで舌を這わされてしまい、羞恥で身体から火を噴《ふ》きそうだった。

「あ、や、だっ、そこはっ……！」

「おとなしくしていて下さい。先生、痛いのは嫌でしょう？」

佐埜がそう言い、三倉の肩甲骨《けんこうこつ》あたりに舌を這わせてくる。鷹野は背骨《せぼね》に沿って、つつうっと舐め上げてきた。

「あぁ…っ、はあ、ううんんっ……、ん――〜〜…っ」

さきほど、榎本は童貞だという言葉が聞こえてきたが、ということは彼はこういった経験がないということなのだろうか。

（そんな――だって、これは――）

榎本の舌先は、初めてとは思えないほどに巧みだった。収縮《しゅうしゅく》する三倉の後孔をこじ開けるような動きで穿《うが》ってくる。少しずつ唾液《だえき》を押し込められると、中が痺れるような感覚に侵された。

「榎本さん、童貞とは思えないほどにテクあるよね。三倉、ひいひい言っててんじゃん」

「今時は教材も豊富だし、どうしたらいいかわからないということもないんだろう。榎本君はシミュレーションもよくしていそうだし」

「童貞拗《こじ》らせてるって強いわ」

鷹野と佐埜の言葉に、榎本はうるさいな、と返した。

「初めてはこれ、という相手って決めてたんだよ」

「なるほど、三倉は確かにこれという相手だわ」

「榎本君はセンスがいい」

男達の勝手な会話に、三倉は腹立たしさを覚える。人の身体を好き勝手して言いたい放題ではないか。

「ば、馬鹿なこと……っ、んぁあっ⁉」

中に舌がずるりと入って、三倉は悲鳴じみた声を上げた。媚肉を舐められる感覚に全身が粟《あわ》立《だ》つ。

「んんあぁ…っ、あっ、あ――――～～…っ」

そこで舌がくちゅくちゅと蠢《うごめ》くと、下腹の中がじぃんと熱を持った。まだ見知らぬ感覚が身体の中を蛇《へび》のように這いずる。ひくん、ひくん、と双丘が跳ねた。

「三倉先生はセックスで満足したことがないと言っていたね」

佐埜の手が三倉の髪を優しく撫《な》でていく。

「心配いらないよ。榎本君は、少なくとも君の元恋人よりはきっとうまくやれる」

「――――ですね。まかせてください」

ようやっと三倉の後ろから顔を上げた榎本は、自身を取り出した。

「ひっ」

そこに当てられる感覚はひどく熱い。

「あ、だめ、入れな…でっ」

本当にセックスすることになってしまう。彼らと関係を持ってしまう。

未だためらう三倉だったが、榎本のものが、そんな三倉の思いなど無視して肉環をこじ開けてきた。

「う――あ、あぁぁあっ……!」

全身の血が沸騰《ふっとう》するようだった。充分に蕩けていた三倉の内部は、挿入《そうにゅう》の経験のない榎本の男根を無理なく受け入れてしまう。

「うっ、くそっ……!」

「がんばれ、童貞。暴発《ぼうはつ》すんなよ」

「ちょっと黙《だま》っててくれよ……!」

三倉の中は熱く滾《たぎ》って、奥へと進んでくる榎本に絡みつき、締めつけた。その動きは確かに物慣れなかったが、三倉を悦ばせようという意志があり、元恋人との行為よりよほど感じてしまう。

「あ、そんな、気持ち、いぃっ……！」

だから思わずこんな言葉が出てしまった。力の入らない指でシーツをかきむしり、腰が勝手に動いてしまう。

「……気持ちいいですか、よかった」

背後で榎本が笑う気配が伝わってきた。どうやら自信をもってしまったらしい。榎本は三倉の中を一度強く突き上げてきた。

「んあ、あはあぁっ」

脳天まで快感が突き抜けてくる。三倉の反応がいいため、彼はどう動けばいいのか早くもコツを掴み始めたようだ。緩《ゆる》いのと速いのを混ぜた律動《りつどう》で、三倉の内壁をかき回してくる。

「あっ、んんっ、あっあっ」

後ろがこんな快感を得られる場所だなんて、三倉は今まで知らなかった。榎本が動く度に重い粘着質《ねんちゃくしつ》な音が響く。

「う、うっ、あっ、あはあぁあ」

頂点がもうすぐそこまで来ていた。中にいる榎本を締めつけると、彼は深い場所を突き上げる。

「ふあ――あっ！　あっ！　も、だめ…っ！」

「ぐ……っ！」

背後で短い呻《うめ》きが聞こえたかと思うと、三倉の中に白濁がしとどに注《そそ》ぎ込まれた。その瞬間に腹の奥で快感が爆《は》ぜる。

「あ、あぁぁぁあ」

達する瞬間に三倉は腰を上げた。反り返った肉茎から白蜜がびゅくびゅくと放たれる。犯された極《きわ》みをじっくりと味わわされ、三倉は震える長い吐息《といき》をついた。

「卒業おめでとう」

「……ああ」

鷹野の軽口に答えながら、榎本は自身を引き抜いていく。その感触にすら尻《しり》をわななかせてしまった。

「先生もちゃんとイっていたみたいだし、首尾《しゅび》は上々《じょうじょう》じゃないか」

「あざす」

佐埜に礼を言う声が聞こえる。どことなく嬉しそうな響きだった。

「先生、次は俺をお願いします」

「え…っ」

まさか全員を受け入れさせられるのだろうか。そんなことを思う間もなく、今度は仰向《あおむ》けにさせられる。上を向いた視界に、佐埜の姿があった。無造作《むぞうさ》に上げた前髪が下がってきていて、

それをやや乱暴《らんぼう》にかき上げる。その仕草がセクシーだと一瞬思った。

「さあ、ここを緩めてください。入れますよ……」

言葉は丁寧で、動作も乱暴《らんぼう》ではないが、決して許してはくれないだろう。たった今犯されたそこに、いきり立ったものを押しつけられる。

「ぅあう、あ、あ……っ！」

ずぶり、と音を立てて、佐埜のものが三倉の中に入ってきた。快楽《かいらく》のスイッチを押されてしまった肉体が、自分を悦ばせるものに嬉しそうに絡みついていく。

「あ、は、あぁ、ああ……っ」

犯される悦びを覚えたばかりの肉洞が、新たな男根に狂喜《きょうき》していた。入り口から奥までを容《よう》赦《しゃ》なく擦《こす》られて、快感に涙が滲《にじ》む。佐埜は三倉の反応を見て大丈夫だと判断したのか、次第に律動を速めていった。その動きに媚肉が引《ひ》き攣《つ》れるように刺激されて、耐えがたい快感を生んだ。

「あっ、あーっ、あぁぁあ……っ！」

「……っすごいですね、先生…。予想以上だ」

「へえ、そうなんだ。気持ちいいのか、三倉？」

鷹野が三倉の尖りきった乳首を、指先で弄《もてあそ》びながら聞いてくる。

「…っあ、う、あぁ――…っ、こん、なっ……！」

「先生はどうやら、奥のほうが好きらしいですね」

「ああ、そんな感じだった。カリで抉《えぐ》ってやると、すごく悦ぶ」

佐埜の言葉に榎本が答えると、三倉の奥を佐埜の張り出した部分でぐりぐりと刺激された。

「あ、あっ！　あああっ、んくぅぅう……っ」

「すげえ反応」

「こういうことは、今日が初めてなんでしょう？　なのに奥がいいだなんて、いやらしいですね」

「っ、やっ、やっ……！」

違う、と言いたかった。それなのに口から出る声は媚《こ》びたような、甘えた、卑猥な音ばかりだった。三倉の中ですでに榎本が射精《しゃせい》しているので、中で攪拌《かくはん》されて、繋ぎ目はもう白く泡立《あわだ》っている。

「俺のものも出しますよ…。漏らさないでくださいね」

「ああっ、出さなっ……！」

また中に出される。三倉は思わず抵抗しようとしたが、身体にまったく力が入らなくて駄目だった。だが佐埜も言うことをきいてくれなくて、三倉の中にしたたかに精を吐き出してくる。

「んう…っ、あああぁあっ、～～～～っ」

奥を刺激され、快感が腹の中から全身へと広がっていった。どうしてこんなに気持ちがいいのか。自分の身体が、数刻前《すうこくまえ》とはまったく違うものになってしまったような感覚に陥《おちい》る。

「あ…、あ……っ」

ヒクヒクと身体が震えた。佐埜のものが後ろから抜かれると、ごぽっ、という音と共に、白濁がとろりと零《こぼ》れる。

「とてもよかったですよ、先生」

佐埜はどこまでも礼儀正しく三倉を褒《ほ》めた。すると鷹野が三倉の脚の間をのぞき込んでくる。まだ挿《い》れていないのは彼だけだ。

「ヤバいくらいエロいな」

「た、鷹野……、やめ……」

「俺だけダメってことはないだろう?」

「ほ、ほんとに、これ以上は…っ、身体が、おかしくなってしまう…っ」

「なっていいって」

二人分の白濁でぬるぬると濡れた後孔に、鷹野の先端が押しつけられる。それはいとも簡単に三倉の中に入ってきた。

「んくぅう――〜〜っ」

ずぶずぶと挿入されて、身体中にぞくぞくと官能《かんのう》の波が走った。

「あっ、あっ!」

「っは、……やべえな…っ」

三倉の肉洞に包まれ、締め上げられて、鷹野も感嘆《かんたん》の声を漏らす。

「ヤリチンの鷹野君としてはどうなんだ？」

「男はあんま経験ないんだよ…。けど、間違いなく十年に一度の名器レベル」

榎本の問いに鷹野はそう答えた。

「そうだね。間違いない。先生はすごくいいよ」

「でしょ？」

佐埜にまでそんなことを言われて、三倉は困惑《こんわく》した。何か言い返したくとも、気持ちがよすぎて、まともな言葉にならない。

「ああ…、悪い三倉。集中するから」

「やっ、ち、違…っ、んん、んんうぅ…っ」

さっきよりももっと卑猥な音が、鷹野が腰を打ち付ける度に響く。肉洞から腹の奥にかけてが甘く痺《しび》れていった。鷹野の先端が、時折《ときおり》ひどく感じてしまうところに当たって、三倉はその度に悲鳴じみた嬌声を上げた。

「はあっ……ああひぃっ…！」

「…っすげえ、吸《す》いつく…っ」

鷹野の口の端《はし》が淫猥《いんわい》に上がる。どちゅ、どちゅという音と共に揺らされ、仰け反った喉や胸に、榎本と佐埜に舌を這わされた。その感触にさえ、ひどく反応してしまう。身体中にびりびりと快感が走った。

「ああっ、やだっ……！　ま、またイくっ……！」

「いいぜ、俺も出すから…、全部呑《の》み込めよ…っ！」

「あっ！　こ、こんなっ、あああっ……！」

鷹野が深く腰を突き入れ、そこでたっぷりと射精する。腹の中を満たされる快感は、今にも失神《しっしん》しそうなくらいだった。

——ああ……なか、出されてる。

がくん、がくんと腰が震える。指の先まで痺れるほどの絶頂に、三倉はもう抗えなかった。

「——どうだ？　こんなすごいの、今までしたことなかったろう」

鷹野の声にも、もう答える気力が残っていなかった。全身がじんじんしている。

——どうしよう。

こんな体験をしてしまって、もう元の自分には戻れない気がする。

「これから、うんと満足させてあげますね」

これから？　この一回ではないということなのだろうか。佐埜の言葉に、不安と、そしてどこか期待を感じていることを、この時の三倉はまだ自覚していなかった。

力尽きて、はあはあと息を弾《はず》ませている腹の上には、自らが出したものが散っている。それを呆然《ぼうぜん》と眺めていると、ふいにパシャ、とシャッターが降りる音が耳に飛び込んできた。

見ると、榎本がスマホで三倉のあられもない姿を写真に収めている。

「な、なに…っ、撮るなっ」

慌てて顔を隠そうとすると、鷹野と佐埜が両腕を押さえてきた。

「別に脅《おど》そうっていうんじゃないんで。オカズ用ですよ」

そんなの信じられるものか。それに、こんな姿を画像に残されること自体が嫌だ。

「や——…っ」

それなのに、シャッターを押されるごとに、体内が高まっていく。こんなことに興奮しているのだと気づいた瞬間、三倉は愕然《がくぜん》とした。俺はいったいどうなってしまったんだ。

「あああ…っ」

足を開かされ、その間の凄艶《せいえん》な様子を撮られた時、そこがはっきりと勃起《ぼっき》してしまっていることに自分でも気づいた。

「また興奮してしまったんですね」

「じゃあ、舐めてやらないと」

「や、やだ…やだ、もう舐めるの、嫌だ……っ」

彼らの、あの生き物のような舌の動きを思い出し、三倉は身を捩《よじ》って抗おうとする。

「舐められてるとこ撮りたいから、どっちかしてくれよ」

「じゃあ俺が」

佐埜に脚の間に割って入られ、撮影しやすいようにめいっぱい大きく開かされた。脱力《だつりょく》してしまった三倉は、どうしてもそれを閉じることができない。

佐埜は勃ち上がったそれに手を添え、ぴちゃりと舌を這わせた。ぬるり、と全体を舐められ、それから口の中に咥《くわ》えられる。

「あぁ、あああぁぁあ…っ」

これ以上の快楽はもう無理だと思っていたのに、刺激されて肉体が悦んでいた。じゅるじゅると音を立てて吸われ、腰が浮いてしまう。

「き、きもちいぃ、あぁん…っ」

まるで理性をなくしてしまったように悶《もだ》える姿を、あますところなく撮られていた。それをわかっているのに、いやらしく振る舞うことを止められない。

榎本のスマホは動画モードになっていて、三倉の卑猥な喘ぎもしっかりと収められるのだった。

平日の昼間の書店は静かだった。ターミナル駅のほど近くにあるので、夕方になれば学校帰りの学生や、仕事帰りの勤め人などで賑《にぎ》わうだろう。

三倉は空《す》いている時間帯を選んで、書架の間をゆっくりと歩いていた。

あの日から、今日でちょうど二週間が経《た》つ。

通常のレッスンでは、彼らの姿は見られなかった。そのことに思わずホッとした三倉だったが、時が経つに連れて、その時のことを鮮明《せんめい》に思い起こすようになってしまっている。

（忘れるべきだ）

あの時、とんでもない姿を撮影《さつえい》されてしまったが、特に三倉を脅《おびやか》すようなことは何も起こっていなかった。榎本は本当に、自分で個人的に楽しむために、あの写真や動画を撮影したのだろうか。それでも自分のあられもない様子を収めたものが、どこかに存在しているというのはあまり気分のいいものではない。

どうにかしてデータを消してもらえないだろうかと、三倉は奥まった書架に向かいながら考える。この書店はかなり広かった。

目当ては料理の専門書である。外国の料理本はレシピの参考になる。そのまま流用するのではなく、日本人の口に合うようにアレンジするのは創造性《そうぞうせい》があって楽しかった。だからあんな出来事があっても、棚《たな》の前に来ると少し気分が上がる。三倉は何冊かの分厚い本をじっくり比べながら、二冊を選んで会計に向かった。

途中のパソコン関係の棚の前を通り過ぎた時、ふいに「三倉先生」と声をかけられる。

誰か生徒でもいたのだろうか、と振り返る途中で、それが男の声だということに気がついた。ぎくりと肩を強張《こわば》らせ、視線の先にいた榎本友介を見つける。

「奇遇《きぐう》ですね。こんなところで」

「……榎本さん」

彼は小さく笑いながら三倉に近づいてきた。手には一冊の専門書を持っている。彼も本を買いに来たのだろう。

「それ、教室で使う本ですか？」

「……そうです。このままでは使いませんけど」

「英語ですよね？　へえ、すごいな」

彼は三倉の手元の本を見てそんなふうに言った。今日の榎本は、いつもよりも機嫌《きげん》がいいように見える。教室で見る彼も不機嫌というわけではないのだが、どこかむっつりとしていた。だが今日の彼は、少し社交的なのだ。

「……いつもと感じが違うんですね」

「えっ？」

三倉がそうつぶやくと、彼はきょとんとして三倉を見る。黒縁の眼鏡の奥の瞳は黒々として、深い空洞《くうどう》のようだった。三倉は少しだけたじろぐ。

「ああ、そうですね…。最近よく言われるんですよ。多分、捨てたからだと思います」

「何を？」

「童貞を」

低い声だったが、三倉は慌てて周囲に視線を走らせた。顔が赤く染まる。

「スマホのデータ、消してください」

呑まれてはいけないと、三倉はきっ、と顔を上げて、榎本に詰め寄った。すると彼は困ったような顔を見せて、それから苦笑した。

「先生、俺がここでデータを消しても、その前に別の媒体《ばいたい》に移していれば意味ないですよ」

「それは……」

わかっている。昔のようにネガやカセットを処分《しょぶん》すればそれで終わりというものではない。だが三倉は、そう言わずにはいられなかった。

「それに、悪用なんかしたりしてません」

「そういう問題じゃない」

「じゃあ、どういう状況にあるのかわかったら、安心できますか？」

「……？」

榎本の言っている意味がよくわからなかったが、そのことも知りたかったので頷《うなず》く。

「じゃ、俺の部屋に来ますか？　そんな遠くないんで」

「行くわけないだろう」

そんなことは、何かしてくれと言っているようなものだ。

「ですよね」

榎本は続けた。

「でも、来たほうがよくないですか」

「……どうして」

「そろそろ忘れられなくなってる頃かと思って」

「っ」

三倉は榎本の言葉に動揺《どうよう》を見せてしまう。

確かに、そうだった。あんなことは二度とごめんだと思っているのに、夜寝ている時や、ふとした時に、あの出来事を思い出してしまう。

あの快楽を。

「そんな、こと……！」

「別に悪いことしているわけじゃないでしょ。いいじゃないですか、エロいことしても」

榎本の声には、悪びれている様子がまるでなかった。彼は本当に、あんなことをして平気だと思っているのだ。

「今日は俺一人だから、そんなに抵抗ないでしょ」

ていうか、と彼は続けた。

「先生に見て欲しいんですよ。俺が普段、どういう場所で、どう暮らしているのかを」

「――――」

その言葉に今までの響きと違うものを感じて、三倉は榎本を見つめる。どうしたらいい、と自問した三倉は、彼についていくほうに心が傾《かたむ》きかけているのに気づいた。

「来てくれたら、これからもデータは絶対に悪用しません。約束します」

「……本当に？」

「はい」

榎本は頷いた。

「あと、どうしてあんなことをしたのかも教えます」

それは知りたいことだった。ただ欲望のはけ口にされたのだと思うよりも、何か理由があったのだと思うほうが心安《こころやす》くなる。

「……本、会計してくる」

「俺も」

三倉がそう言うと、榎本は更《さら》ににこやかな顔になって、歩き出した三倉の後をついてきた。

榎本の部屋は、そこから二つ離れた駅の町にあった。若者のサブカルの町として知られている駅だ。駅前には古くからの商店街や、新しく出来たとおぼしきカフェなどが多く存在している。

「ここは初めて降りた。けっこう賑やかなところですね」

「まあ、便利はいいですよ」

榎本について商店街を通り過ぎると、すぐに住宅地の様相を成してくる。榎本はそこからほど近い、五階建ての白いマンションに入った。外観は古めだが、中は綺麗《きれい》に管理されている。

「どうぞ」

ドアを開けられて恐る恐る中に入る。目の前には真っ直ぐ廊下《ろうか》が伸びていて、左右にいくつか扉《とびら》が見えた。廊下の奥がリビングなのだろう。

「あ、こっちです」

リビングに進もうとした三倉を、榎本が呼び止める。廊下に並んだドアのうちのひとつの部屋に入る。大きなデスクトップのパソコンが目に入った。モニターが複数並んでいる。

その隣には物が雑多に詰め込まれたスチールラックと、漫画や雑誌が並んだ大きな本棚、壁《かべ》際《ぎわ》にはソファがあった。

そして棚の中には何体かの女の子のフィギュアが飾《かざ》られている。皆可愛い衣装を着て、元気な笑み、あるいは蠱惑的《こわくてき》な表情を浮かべていた。

「――ここ、仕事部屋？」

「まあそうです。半分趣味のものも置いてありますけど」

それは見ればわかる。榎本は三倉にソファに座るように促《うなが》した。

「――この子、知ってますか」

榎本はフィギュアのうちの一体を指さした。黒髪のロングヘアで、エプロンドレスのような衣装を着ている。右手にはトレイを持っていたが、その上にはいっぱいに料理がのっていた。

「この子、ミクちゃんていうんですよ。赤坂《あかさか》ミクちゃん。主人公の妹で、料理が得意なんです。クール系なんですけど、実はすごく天然で可愛い性格してるんです」

「……そう、ですか」

突然、フィギュアについて語り出した榎本に、三倉は若干《じゃっかん》引いてしまう。

「この子、先生に似てませんか？」

「え？」

「似てると思うんですよ。名前もだし、料理が得意なところとか、あとクール系だけど可愛いところなんかも」

「そうかな……？」

ミクという女の子のフィギュアを見ても、三倉は特にそうは思わなかった。それはいくつか属性《ぞくせい》がかぶるところがあるが、そんなものは別に珍《めずら》しくないだろう。

「いや、似てる。似てます。だから俺、先生を見つけた時、絶対にこの人で童貞捨てようって思ったんです」

「だから俺のスタジオに申し込みしたんですか？」

「そうです」

きっぱりと答えられて、三倉は思わず脱力した。こんな理由であんなことをされてしまったのか。

「けど、先生は予想以上でした」

榎本の口調は真剣だった。三倉はふと、彼の顔を見る。

「最初はミクに似てるって思ってたんですけど、でも男だし、どうなんだろうって。けど実際に教室に行ってみたら、すごく優しいっていうか、ああ、これもアリなんだなって思って。そうしたら先生がすごくおいしそうに見えて、舐めてみたくなりました」

榎本はパソコンの電源を入れる。三つあるモニターが同時に立ち上がった。彼がキーボードから操作すると、動画が再生される。それは、あの時の三倉の動画だった。

「やめろ！」

『や、ああ、ああっ、気持ちいい…っ』

動画の中で自分が喘《あえ》いでいる。とてつもなく卑猥な表情をして、いやらしい声を上げて。

「俺、これ見て毎日抜いてるんですよ。俺も先生のこと忘れられないです」

「……榎本、さん」

突然、訳のわからないフィギュアの話をされ、自分に似ていると言われ、先日の動画を三つのモニターで同時に再生されながら、これで自慰《じい》をしていると告げられる。

めちゃくちゃだ。めちゃくちゃな事態《じたい》だが、三倉の心臓は高鳴っていた。

（なんでこんなこと）

どこからどう見ても異常な事態。そんな事態に陥れられた時、三倉の心身は高鳴ってしまう。

「先生、今、興奮してるでしょう」

言い当てられて、三倉は絶句《ぜっく》した。

「理解できない状況で、無体なことされて、『今、こんなひどいことされてる』っていう状況がクるんですよね？」

「……っ」

三倉は慌ててソファから立ち上がる。

「帰る」

これ以上ここにいてはいけない。また、異常な事態になる。

「先生」

だが、その元凶《げんきょう》のうちの一人の声が、三倉を引き戻した。

「いいんですか、帰って」

三倉の足が止まる。

「せっかくここまで来たんだから、舐めさせてくださいよ」

背後から榎本がゆっくりと近づいてくる気配がする。このまま廊下を進んでドアを開ければ、ここから出られる。だけど。

「俺、先生が好きなんですよ」

手首を摑《つか》まれ、軽く引かれる。すると三倉の身体はいとも簡単に榎本の腕の中へと傾いていった。

「ん……っ」

唇が塞《ふさ》がれる。舌先が唇を辿っていき、それを合図にするように三倉の唇が開いた。その隙《すき》間《ま》に、榎本の舌が差し入れられる。

「あう、ぅ…っ」

ぬるり、と口腔内《こうこうない》を舐め上げられて、背筋が震えた。膝から力が抜けてがくりと頽《くずお》れると、榎本が両腕で受け止めてくれる。

「……戻りましょうか」

「……っ」

引きずられるようにして元の部屋に戻される。寝室ではないのか、と思った。三つのモニターからは、自分の喘ぎ声がエンドレスで流れている。ソファに押しつけられて、衣服の裾《すそ》を胸の上まで上げられた。

「持っててください。離さないで」

衣服の裾を持たされ、乳首を露出《ろしゅつ》した格好《かっこう》になる。恥ずかしい格好だった。外気に触れた乳首がツンと勃ち上がる。そんな恥ずかしい突起に、榎本の舌先が触れた。

「あっ」

びくん、と身体が震える。そこは前回よりも敏感《びんかん》に刺激を感じ取っていた。少し舌先で転がされただけで、甘い痺れが広がっていく。

「…あ、あ、あっ、あ…っ」

「……おいしい乳首ですね。もっと舐めさせてくださいね……」

れろ、れろと舌先が突起を撫でていった。乳首を嬲られるごとに、腰の奥がぞくぞくと震えてしまう。じゅるるっ、と痛いほどに吸われて、上体が大きく跳ね上がった。

「う、うっ」

好き放題に乳首を舌で責められて、三倉の上体がソファの上で反り返る。乳暈をそっとなぞるように舐められて、たまらずに背がふるふると震えた。

「あ、あく、う……っ」

ここだけでイってしまいそうだ。乳首への快感が腰の奥と繋がって、股間のものがじくじくと疼《うず》く。三倉は知らず知らずのうちに腰を揺らしていた。

「は、あ、あ……っ」

ここを触って欲しい。弄《いじ》られながら乳首を舐められたら、どんなに気持ちがいいだろう。

「あ、榎本、さ……っ」

「何です?」

「あん、うっ…!」

もう片方の乳首を舐められ、勝手に声が出てしまった。おまけにさっきまで舐められていた乳首も指先で何度も弾かれ、それぞれ異なる刺激に頭がおかしくなりそうだ。

「あぁ…っ、そ、こ」

三倉の乳首はぷっくりと膨《ふく》らみ、榎本の唾液《だえき》で濡れて光っている。

「お、願……、した、も……っ」

こんな恥ずかしいことを頼まなければならないなんて。三倉は羞恥のあまり目尻に涙を浮かべた。

「した?」

榎本は三倉の乳首をくわえたまま答える。

「ああ――、ここですか?」

「んんうっ」

衣服の上から指先で股間を撫でられ、甘い疼きが突き上げた。

「ここをして欲しいんですか?」

「……っ」

屈辱《くつじょく》に身を震わせながら三倉は頷く。こんなことを許したらいけないと思っているのに、どうしても身体が言うことをきかない。この先にされるだろうことを、まるで期待するように肌がざわめく。

「じゃあ、もうどうすればいいか知っているでしょう」

先日の恥辱《ちじょく》を思い出し、唇を噛んだ。あんなこと言いたくない。けれど言えば確実にあの快楽が得られると知っていた。あの腰が抜けるような気持ちよさを。

「……な、なめて、ほし…っ」

「ここを俺にしゃぶって欲しいんですか?」

更《さら》に二度三度と、衣服の上から撫で上げられる。

「んっ、んっ、え、榎本さんに、舐めて欲しい……っ」

「よく言えましたね」

榎本は三倉のズボンのベルトやボタンをゆっくりと外し、前を開いていった。そして下肢《かし》の衣服を降ろしてしまうと、両の膝を持ち上げてソファの上に乗せる。

「もうこんなに勃たせてしまってるんですね」

「…し、仕方ない……」

あんなに執拗《しつよう》に乳首を舐められてしまったら、嫌でもこうなる。

「三倉先生は、ほんとにエロいですよ」

榎本の頭が三倉の股間に沈《しず》んでいく。その様子を、どきどきと心臓を高鳴らせながら見ていた。

「あ、あ、んっ」

くちゅ、という音と共に、三倉の肉茎が榎本の口の中に沈んでいく。腰全体に、ぞわわっとした感覚が走った。ねっとりと舌を絡めながら吸われて、背中が仰け反る。

「あぁ、ふぁあっ、は、んぁあぁ……っ」

下半身からどんどん力が抜けていった。感じるところを舌で撫でられる度に、もっと舐めて欲しいというように腰が浮き上がる。

「い…っ、あ」

「いっぱい濡れてきてますね…。気持ちいいでしょう」

「あっんっ、気持ちいい…っ」

榎本に誘導され、卑猥な言葉が口から漏れていく。音を立てて吸われると、足の付け根がぴくぴくと動いた。だんだんと身体が熱くなってきて、イきそうになっていく。

「は…っ、はあっ、あっ、イき、そう…っ」

「まだイかないで。もっと舐めさせてくださいよ」

途端に根元をぎゅう、と締めつけられた。精路をせき止められてしまって、甘いもどかしさに嬌声が上がる。

「はっ、はあっ、あっ、そこ、離しっ…、ああっ、もうっ…！」

「まだ、我慢して」

そんな場所を舐められているのに、我慢などできない。それなのに榎本は、三倉の特に敏感《びんかん》な部分をわざと狙うように舐めてくる。裏筋を優しく舐め上げられ、先端のあたりをちろちろとくすぐるように舌を動かされて、頭の中が真っ白になりそうだった。

「ん、はっ、あっ、あぁっ…、そ、そこっ…ああっ……」

「はあ…先生、可愛い…、ずっと舐めてられる……」

こんな状態をずっと続けられるなんて、無理だと思った。イきそうになるとそこから舌が離れて、また別のところを舐めてくる。そんなことを何度も繰り返されて、全身がガクガクと震えた。

「ひ、ア、も、もうっ…もう……っ」

肉茎の根元を縛《いまし》められて、決して射精を許されずに延々と舌を這わせられる。そんなことをされて、三倉はもうおかしくなりそうだった。足の付け根がずっと痙攣《けいれん》している。

「い、イかせて、出させて…っ！」

「イかせてあげたら、また舐めさせてくれますか？」

「んあぁあっ、わ、わかった、からっ……！」

これではずるずると関係を続けることになる。それはわかってはいたが、この時の三倉はもう我慢ができなかった。

「約束ですよ」

根元の拘束感《こうそくかん》がなくなり、焼けつくような快感がカアッと込み上げてくる。

「んあぁあっ」

全身が浮く。そんな感覚に包まれ、三倉は悲鳴じみた声を上げた。凄《すさ》まじい射精感に襲《おそ》われ、何度も尻を振り立てながら白蜜を噴《ふ》き上げる。

「あっ、あーっ、で、出る、でるぅ……っ！」

はしたない声を上げながら絶頂に酔いしれた。快感に恍惚《こうこつ》となり、我を忘れる。

「ああっ…ああっ」

嵐《あらし》のような余韻《よいん》にまだ喘いでいると、榎本の両手が内腿を摑み、最奥の秘部を押し広げてきた。

「先生、イってる時、ここの孔ヒクヒクして、マジでエロい」

「あっ、あっあっ、そこっ…！」

榎本の舌は、今度は後孔を舐め上げてくる。肉環をこじ開けるようにする動きに背筋がぞくぞくとわななないた。

「や、あぁぁああ…っ」

執拗《しつよう》な舌嬲《したなぶ》りに三倉は泣き声を上げる。目の前の三つのモニターに映し出される自分の卑猥な姿が視界に映った。

榎本はいっこうにやめてくれる気配はなくて、三倉は後孔をさんざん舌で穿られ、彼がやっと自分のものを挿れて満足して、解放してくれるまで、三倉は何回もイかされたのだった。

『――――三倉か？』

スマホの向こうから、覚えのある声が飛び込んできた。

「鷹野…か？」

『当たり』

彼に自分の番号を教えた記憶はない。以前、スマホの中を見られた時に知られてしまったのだろう。

「何の用だ」

朝の八時。起きたばかりの三倉はシャッと音を立てながらカーテンを開けた。陽の光が部屋を照らす。

『お前、こないだ、榎本さんと会ったろ』

三倉はぎくりとする。つい先週のことを思い出してしまった。書店で榎本と偶然に会い、彼の部屋に連れ込まれていやらしいことをされた。敏感な場所を舐められて喘ぎ、何度も絶頂に達した。

「……お前達、連絡を取り合ってるのか」

『まあ時々な。お前のこと共有している同士だし。お前と何かあったら報告することってルールを設《もう》けてあるから』

「変なルールを作るな！」

思わず声を荒《あ》らげた三倉に、鷹野の笑い声が聞こえる。

『それはそうと、お前、いつ空《あ》いてる？』

「え？」

『ちょっとつきあって欲しいとこあんだよ』

「どこに」

『まだ教えない』

「……」

『あ、危ないとこじゃないから安心しろ』

「それを俺がすんなり信じると思うか？」

『まあそうだな』

鷹野はもっともだと笑った。

『でも来いよ。俺はお前に会いたい』

「――――」

その時、三倉の胸がどきりとした。同時に、何故、自分がこの男にそんな反応をしなければならないのだと狼狽える。あの出来事があってから自分は少しおかしい。

「今日はこれから仕事だ」

『いつなら空いてる？』

「木曜なら」

『わかった。待ち合わせとか、また後で連絡する』

「お前は今日は仕事じゃないのか？」

『俺はこれから寝るんだよ』

そういえば、彼は夜の仕事をしていたのだ。鷹野はじゃあなと言って、通話は切れた。


約束の日はよく晴れていたが、風が少し冷たかった。待ち合わせのコーヒーショップで待っていると、目の前の駐車スペースに黒い車が止まった。何の気なしにそれを見ていると、運転席から鷹野が降りてきた。彼は店の中の三倉を見つけると、「出てこいよ」と手振りで示す。三倉は慌てて立ち上がり、カウンターでコーヒーを買うとそれを持って出てきた。

「これ」

鷹野にコーヒーを渡すと、彼はちょっと意外そうに笑う。

「俺に？　サンキュー」

「運転させることになるだろうから」

「地元に行こうと思ってな」

ナビシートに座ると、鷹野はそんなふうに言った。自分たちの実家は隣県にある。三倉もしばらく帰っていなかった。

「……お前とこうなるなんて、思ってもみなかった」

「こうなるってのは、ドライブしてることか？　それとも…」

「両方だ」

言われる前に言ってやった。鷹野はおかしそうに笑いを漏らす。

「俺も、お前を東京で見つけるまでは、こんなふうになるとは思ってなかった」

その言葉に、三倉は隣で運転している鷹野の横顔を盗《ぬす》み見た。男らしいが甘さもある端整な造り。高校生の時分には、彼のことをそんなふうに意識して見たことがなかった。

「ホストやってるって言ってたな」

「ああ」

「どうしてその仕事を？」

高校生の時の鷹野を、三倉はよく思い出すことが出来ない。ただ、どちらかと言えば内向的な自分とは違う世界の人間だと、漠然《ばくぜん》と思っていた気がする。

「まあ、向いてたからだろうな」

三倉の問いに、鷹野はあっさりと答えた。

「ああいうところに来る女ってのは、どこかしら褒めてもらいたがってる。もしくは、誰かにわかってもらいたいっていう欲求だ。俺にはそれがよく見えた。その女が欲しがっている言葉をくれてやると、いくらでも金を出す。それだけのことだよ」

「――――」

鷹野の口調は露悪的《ろあくてき》だったが、三倉はふと、それだけではないのではないかと思った。

「それは、鷹野が人のことをよく見てるからじゃないのか？」

車が信号で止まる。彼はこちらをじっと見た。三倉は自分がつい今し方言った言葉を思い出し、顔を赤らめた。それは、鷹野は三倉のこともよく見ているということだ。三倉の底にはどろどろとした欲望があって、彼はそれをちゃんとわかっているのではないだろうか。

「今のは取り消す。俺のことを見るな」

「やだね」

彼は意地悪《いじわる》な口調で言った。

「お前は見てて飽《あ》きない」

「……っ」

三倉はぷいと顔を背《そむ》け、窓のほうを向いた。頬が熱い。速いスピードで流れる外の景色を見ているうちに次第に眠くなってきて、三倉はウトウトとうたた寝をし始めた。


「――――三倉、起きろ。ついたぞ」

軽く肩を揺らされて、三倉はハッと目を開ける。車は止まっていた。自分が眠り込んでいたことにも気づかなかった三倉は、思わず慌てた。

「ごめん、俺…、寝てたか?」

「可愛い寝顔だったぜ。別に気にすんな」

しかし、運転手をおいてナビシートで寝てしまうというのはいかがなものか。三倉が恐縮《きょうしゅく》してると、彼は、そういうとこだぞ、と軽口を叩《たた》いた。

「ところで、ここは……」

着いた場所を見て、三倉は瞠目《どうもく》した。目の前には学校の校舎がある。そこは三倉と鷹野が通っていた高校だった。

「どうしてここに?」

「やっぱりお前知らなかったか」

「?」

「うちの高校、今度K高校と合併《がっぺい》するらしいぜ。それで校舎も来月取り壊されるんだと。ずいぶん老朽化《ろうきゅうか》もしてたからな。俺らがいた頃からヤバかったろ」

「……そうか」

「だから最後に見に来ようと思ってたんだ」

三倉は校舎の中を覗《のぞ》き込んだ。

「中には……入れないか」

「もう移転自体は済んでるから人はいないはずだぜ」

鷹野は何かを思いついたようにエンジンをかけ、車を近くのコインパーキングに入れる。

「降りろ」

促されるままに降りて、門に沿って歩く。裏門まで来ると、彼は三倉を振り返ってにやりと笑った。

「忍び込もうぜ」

「ええ？」

それはまずいのではないかと思うのだが、鷹野はさっさと通用門を乗り越えてしまった。

「ちょっと敷地《しきち》に入るくらいいいだろ。早く来いよ」

鷹野は手を伸ばして三倉を誘《さそ》う。それでも少しためらったが、三倉は意を決して鷹野と同じように通用門を乗り越えた。

「上出来だ」

彼に手を握《にぎ》られる。熱い感触に、またどきりと心臓が跳ねた。

校舎の入り口には、案の定、どこも鍵《かぎ》がかかっていた。鷹野はさすがにそれを壊す気まではないようで、校舎沿いにぐるりと回って歩く。

「よくここいらでダべってたな」

中庭には花壇《かだん》と噴水《ふんすい》、ベンチがあった。今はもう花壇には何も植えられておらず、噴水の水も止まって内部には枯《か》れ葉《は》が溜まっている。ここは三方を建物に囲まれているので、どことなく秘密基地《ひみつきち》のような趣《おもむき》があった。

「お前さ、高校の時、けっこう女子に人気あったろ」

「ないよ」

「気づいてなかっただけだろ。料理できる男は好感度高いからな。――――俺、お前が調理実習で作ったやつ、食ったことあるぜ。チャーハンだったけど」

「え、そうなのか？　何で？　クラスも違ったのに」

「お前、うちのクラスの田中《たなか》ってやつに、時々作ったもん渡してただろ」

三倉達の高校の調理実習では料理を多めに作る。家族や友人にお裾分《すそわ》けしてもいいと言われていたからだ。三倉はよく頼まれて、余分につくった料理を友達に渡していた。

「俺、財布《さいふ》忘れてさ、その時、目の前であいつがうまそうなもん食おうとしてたから、ご馳走《ちそう》になった」

　悪びれずに言う鷹野に、三倉の眉《まゆ》が顰《ひそ》められた。

「それは、取り上げたのか……？」

「失礼な。次の日ちゃんと代わりのもん奢《おご》ってやったぜ？　コンビニだけど」

　三倉は、はあっとため息を漏らす。

「言ってくれたら渡したのに」

「嘘《うそ》つけ。あん時は俺ら友達でもなんでもなかったろ」

「それでも、言ってくれたら分けてやった」

　重ねて告げる三倉に、鷹野は少し困惑《こんわく》したような顔をした。

「そっか」

　ふっ、と彼は笑う。

「あんなうまいチャーハン、初めて食ったと思ってさ。これ作ったの誰だって田中に聞いたんだよ」

　それからずっと気にしていた、と鷹野は言う。

「卒業して姿見なくなって、どうしてんのかなと思ってたら、料理家になってんのに、あんなサイトに登録してたからびっくりしたわ」

「……言うな……」

それは人生において、最大の失態《しったい》だったと思っている。

「本当に軽率《けいそつ》だった。お前達にバレるし」

「俺にとってはラッキーだったよ」

三倉はもう恥ずかしくて、中庭から去ろうと足早に歩き出す。その腕を、鷹野が捕《と》らえた。

「――――」

気がついた時には唇を奪われていた。自分達以外は誰もいない学校の中庭で、舌を絡め合って深く執拗なキスをしている。

「……ほんとは、学校がなくなることなんてどうでもよかった」

濡れた唇を啄《ついば》みながら鷹野が言った。

「ただ、お前を連れ出したかったんだよ」

「……あ……」

そんなふうに言われ、腰の奥がきゅう、と締まる。

「なあ、榎本さんには何て口説《くど》かれたんだ?」

彼も気になるのだろうか。そういうことが。

「……よく、わからなかった」

「ああ?」

「俺が、好きなアニメキャラに似てると言われた。ミクちゃんていう、名前の」

「……マジかよ」

あいつやっぱイカれてんなあ、と鷹野は呟《つぶや》く。

「それなら、口説くことにかけちゃ俺が頭ひとつ抜けてるだろ」

「く、口説く？」

三倉は頭の芯《しん》がぐらぐらするのを感じた。

「お前達は、俺を使ってゲームか何かしているのか？」

「ゲーム？」

「だってそうだろう。三人して、俺を追いつめるみたいに、あんな……あんな」

三人で裏で結託《けったく》して、素知《そし》らぬ顔をして囲ってくる。そして三倉を逃げられない状態にして。

「変態《へんたい》みたいなことをした」

「あのなあ、俺達は単に舐めることが好きなだけだぜ。同好の士ってことで仲良くしてんの」

それに、と鷹野は三倉の手に指を絡めると、自分の胸元に引き寄せた。

「お前だって悦んでたじゃん」

「だから嫌なんだ！」

鷹野を睨《にら》む瞳が潤《うる》んでいた。

「あんなの、自分が自分でなくなってしまう……。あれは俺じゃ、ない」

「いいや」

鷹野の顔が再び近づいてくる。憎《にく》たらしいほどに格好いい顔が。

「あれもお前だよ。でも俺は素直で可愛いお前も好きだぜ?」

「――ぁ」

顔を背けようとする前に再び捕らえられ、また口づけをされる。あたりはしん、と静まり返って、車が走っている音や、どこかで工事をしているような音が遠くから聞こえてくる。

「気がすんだから、そろそろ行くか」

たっぷりと舌を吸われ、じんじんと痺れて、言葉を話せない。頭の中も霞《かすみ》がかっていた。

「途中、どこか寄って行こうぜ」

それが何を表すのか、三倉にはもうわかっていた。わかっていて、頷いた。


「……あっ、あ、ん…っ」

国道沿いの、あまり上等ではない、よくあるホテルだ。鷹野と三倉はそのホテルに入り、服を脱ぎ捨て、ベッドの上で卑猥なことをしている。

三倉はシーツの上に這わせられ、腰だけを高く上げさせられていた。その双丘を後ろから割られて、鷹野に後孔を舐められている。

「はあ、ア、あ――――～～…っ」

「気持ちいいか、三倉……」

そこを舌で責められると、腰から背中にかけてぞくぞくと官能の波が走った。肉洞の入り口をひたすら刺激されて、内部がつらくなってくる。

「ふぁあっ、気持ちいぃ、けど…っ」

「けど？」

尖《とが》らせた舌先でくちゅくちゅと窄《すぼ》まりを穿られた。ひぃっ、という声を上げて喉《のど》を反らせる。

「な、なか、つらい……っ」

「どんなふうに？」

「あぁう…っ」

舌先で唾液を押し込まれた。つん、という刺激の後に、じんじんと響くような快楽がそこから広がっていく。三倉の内腿はふるふると震えていた。

「なか、が、ずっと、痙攣してて…っ、時々、ぎゅうっと締まると、腹の中まで痺れて…っ」

「こっちも、ずっと勃ってるもんなあ」

前方でそそり勃って、先端を潤ませている屹立《きつりつ》をそっと指先で撫でられて、三倉は高い声を上げた。だが鷹野の指はすぐに退《ひ》いてしまう。

「あ、あ、それ、もっと…っ」

「まだダメだ。あとでそっちも舐めてやるから」

「だ、だめって…、あ、やっ、そこ、いつまで……っ、んん、あぁあ」

めいっぱい押し広げられた後孔を優しく舐め回されて、下半身が甘く痺れてしまう。鷹野は珊瑚色《さんごいろ》をした肉環を、何度も下から舐め上げた。

「あ、ひ」

肉洞がじゅくじゅくと疼く。たまらなかった。放っておかれている前方の肉茎も、三倉が腰を揺らす度にひくひくと揺れ、先端の愛液を滴《したた》らせた。

「すげえいやらしい眺《なが》め…。このままイくまで舐めるからな」

「え…っ、そ、そんな、無理…っ」

確かにとても気持ちがいいが、これでは決定的な刺激は得られない。イくのは無理だと訴えると、鷹野は素知らぬ様子で告げる。

「別にいいぜ、時間かかっても。俺はここ舐めてるだけで楽しいし」

「あっ、そ、そんなっ、んんぁああ…っ、あ～～っ」

ぐじゅ、ぐじゅ、と、三倉の背後でよりいっそう卑猥な音が響く。それと同時に耐えがたい感覚が少しづつ、少しづつ三倉の中に入ってきて、その内壁にはっきりとした快感を与えていた。

――――そんな。

その時、三倉が怯《おび》えたのは、緩慢《かんまん》な刺激を延々と与えられ、もどかしさに苦しめられることではなかった。今の三倉は、そんな遠回しな愛撫にさえも、絶頂の糸口を見つけてしまっている。

肉体がどんどん造り変えられてしまっている。そのことを如実《にょじつ》に突きつけられてしまったからだった。

「あ、あ…っ、やだ、俺、こんな…っ、いやらし…いっ」

「やらしいの結構じゃないかよ。可愛いぜ？」

鷹野のほうにもそんな三倉の状態が伝わってしまったらしく、肉環の入り口を舌先で突くようにして虐《いじ》めてきた。

「あ、んあ、あ」

ぞくん、ぞくんと腹の中に快感が走る。奥がきゅううっ、と締まり、とうとうそこが大きな法悦を生み出した。

「はあっあっ、イくっ、あ、イくっ」

異様な快楽が肉環の入り口から腹の中を突き抜ける。三倉は顔を上げて背中を大きく反らせると、喉から啼泣《ていきゅう》するような声を漏らした。

「あ、ああ――――〜〜っ、あっ、あっ！」

全身に纏《まと》わりつくような快感に包まれる。

（また、変なイきかた、した）

性器か後孔の奥以外で達してしまうと、通常の絶頂のような戻り方になってくれない。いつまでも極みを引きずってしまう。そうすると理性を失いやすくなってしまうので、三倉は苦手だった。それなのに彼らはむしろ、そんな絶頂こそを三倉に与えたがっているような気がする。

力を失った三倉は、そのまま横倒しにどさりと倒れた。はあ、はあと荒い呼吸をつく。

「どうだ、感想は？」

「……身体、痺れてる…っ」

腰がひくひくと震えていた。達しはしたものの、前のものは射精しておらず、中途半端《ちゅうとはんぱ》に勃起したままだった。

「ああ、苦しそうだな」

「んっ！」

肉茎を指先で突かれ、びくん、と背中が震える。

「しゃぶってやるから、足開いてろ」

「……っ」

屈辱だったが、身体がそこへの刺激を求めていて言うことをきかない。三倉は横を向くと、両脚をおずおずと彼の前で開いた。視線をそこに感じると、いたたまれなくなって目を閉じる。

「よしよし、可愛がってやるからな」

「あ……っ」

鷹野の手がそこに添えられて、三倉は思わず熱い息を漏らす。その中には、確かな期待のようなものが混ざっていた。

「ああんんっ」

股間が熱く濡れたもので包まれる。口の中に咥えられたのだ、と思った時、ぬるり、と生き物のような舌が三倉の肉茎に絡みついた。

「ああ、あっ！」

頭の中が真っ白になる。待ち望んでいた直接的な、強烈な刺激に三倉の身体は狂喜《きょうき》した。鷹野の舌は三倉の肉茎にゆっくりと絡んでいきながら、時折《ときおり》それを吸い上げる。

「んん、あっ、ひぃ…いっ」

身体の芯が引き抜かれそうな快感。じゅるじゅると音を立てながら吸い上げられると、腰だけではなく両脚までガクガクとわななないた。

「あぁ…あ、い、イく、イくっ……！」

さんざん待たされていたせいで、三倉はひとたまりもなかった。達する時には、ぐぐっと尻を浮かせ、下腹をびくびくと痙攣させる。

「ふぁ、ぁあぁぁ――～～っ」

白蜜が鷹野の口の中で思い切り弾けた。すると一滴《いってき》残らず出せと言うように、口の中で強く吸われる。

「ああっあっ！　い、今、吸わな…っ」

あまりの快感に目の前がくらくらした。達しているのに更に刺激されてしまって、三倉はまたしても簡単に極めてしまう。

「ああ…あ、ううう…っ」

「…は、お前、すぐイきすぎ」

顔を上げた鷹野の舌先が糸を引いていた。その眺めがあまりにいやらしくて、腹の奥がきゅうきゅうと疼く。

（もっと、舐めて欲しい）

無意識にそう思う自分に気がついて、三倉は狼狽えた。

「もっとして欲しそうな顔してるな」

「ち、違う…、そんな顔してない」

「遠慮《えんりょ》するなよ。これで終わらせるつもりはねえから。お前が泣くまで舐めてやるよ」

そして伸ばされた鷹野の舌先が、先端をちろちろとくすぐり始めた。

「あは、あんんっ」

達したばかりで鋭敏《えいびん》になっているそこに、そんなことをされては耐えられるはずもない。三倉はすぐに目を潤ませ、腰を震わせた。

「う、ぁ…っああ……っ、ひ、んんっ…」

「ほら、ここ、たまんねえだろ」

鷹野の舌先が、最も敏感な小さな蜜口をぐりぐりと抉《えぐ》る。あまりに甘美な刺激に、あられもない声が迸《ほとばし》った。

「あひ、いぃ――――~~っ」

凄まじい快楽に涙が零れる。ぬる、くちゅ、という音と共に肉茎を柔らかな粘膜で嬲られ、腰が抜けそうだった。

「今度また三人で可愛がってやるからな。全身舐めしゃぶってやるから覚悟してろ」

「あっ、やっ、そんなの、されたらっ……！」

絶対に戻れなくなってしまう。彼らなしではいられなくなってしまう。そんな淫《みだ》らな予感に怯えつつも、三倉は興奮に身を熱くした。そんな中で後孔に指を入れられ、ヒクついた内壁を擦られてまた達してしまう。鷹野のものがそこに挿入される頃には、三倉はさんざん泣いて、一突きされるごとにイってしまっていた。

彼らが三人そろって教室に現れたのは、それから半月ほどした平日の夜のクラスだった。

平日の夜というのはOLを中心とした生徒が多く、その中でも彼らはやはり目立っていた。三人はそれぞれ別のグループに分けられていたが、和《なご》やかに女性の生徒達とうまく作業を進めていた。難しいかもしれないと思った榎本《えのもと》までも、雑談《ざつだん》を交えて問題なくやっているようである。とりあえずレッスンは滞《とどこお》りなく終わりそうだと、三倉《みくら》はホッとため息をついた。

「先生、お久しぶりです」

調理が終わり、実食の時間になって教室が自由なざわめきに満ちると、佐埜《さの》がさりげない様子で三倉に近づいてきた。食べ終わった生徒も顔見知りと話したりしているので、彼がこちらに来ても誰も不思議《ふしぎ》に思わない。

「……三人で来られたのは、しばらくぶりですね」

三倉は普通に振《ふ》る舞《ま》うように努める。佐埜もまた、ごく自然な様子で話している。ちらりと視線を各テーブルに向けると、榎本と鷹野《たかの》は作った料理を口に運んでいた。

「ええ、俺も少し仕事が立て込んでいたものですから」

佐埜は穏《おだ》やかな笑顔を浮かべている。低い声は聞いていて心地《ここち》がよかった。

「——ところで、少し個人的な話になるんですが」

そんなふうに告げられて、三倉は少し構《かま》えてしまう。

「今度は、俺の手料理を先生にご馳走《ちそう》したいんです。練習の成果を見てもらうために」

「えっ」

「俺のマンションに来ていただくことになりますが」

榎本と鷹野とは、それぞれ二人だけの時間を過ごしたが、佐埜とはまだそういった状況《じょうきょう》にはなっていない。

「聞いていますよ。榎本君と鷹野君から。二人とも、私が仕事で忙殺《ぼうさつ》されていた間に、非常に羨《うらや》ましいことになっていたそうですね」

「そ、それは」

別段、三倉から働きかけたわけではない。それなのに、どういうわけか、佐埜に対して申し訳ないような気持ちになっていた。

「ああ、いいんです。それはいつか、機会があったらということで。今回は榎本君と鷹野君も招《まね》こうかと思っています」

「っ」

それは、三人で会うということになる。それも佐埜のテリトリーで。

鷹野と地元に出かけた時に、彼に言われた言葉を思い出す。今度は三人で。

三倉の顔が熱を持ち始めた。そうなった時のことを想像して、体温が上がっていく。

「――構いませんよね、三倉先生」

佐埜は穏やかに押し切ってきた。他の二人とそういったことをしてしまった以上、断るのは非常に困難だった。

「……わかりました」

「嬉しいですよ。――楽しみにしています」

ではまた、と言い残して彼は戻っていく。それからすぐに別の女性の生徒が質問してきて、それに対応するために、三倉は彼のことを意識から追い出すように努めた。


「――ここか」

手元のスマホのマップを確認して、三倉は目の前に立つマンションを見上げた。八階建ての中層マンションだが、一目で高級物件とわかる。デベロッパーの仕事をしていると聞いたが、納得できるような気がした。二カ所のセキュリティを抜けて最上階にたどり着く。ドア横には、センスのいい書体で小さく『ＳＡＮＯ』と書かれていた。三倉はインターフォンを押す。

「やあ、いらっしゃい」

佐埜はエプロン姿で三倉を迎《むか》えた。

「お邪魔《じゃま》します」

玄関はすっきりと整頓《せいとん》されている。グレーで統一《とういつ》された壁紙《かべがみ》がどこか無機質な印象を与えていた。

「もう少しかかるので、適当に寛《くつろ》いでいてください。すぐに鷹野君達も来ると思うので」

リビング脇《わき》のキッチンには食材が並べられ、コンロには鍋《なべ》やフランパンがかけられていた。

「手伝いましょうか？」

「先生に手伝ってもらったんじゃ意味がないですよ。いつもと同じになってしまう」

佐埜は笑って言った。それもそうかと、三倉も小さく苦笑する。

「あ、これ、どうぞ」

三倉は持ってきたシャンパンを佐埜に渡した。

「これはどうも――――。冷やしておきますね。後で皆で飲みましょう。あ、ビールでもどうぞ」

「すみません」

ベルギービールを手渡され、三倉はそれを手にリビングへと移った。オリーブグリーンのカーテンの向こうに見える外の景色をのぞくと、素晴らしい眺望《ちょうぼう》が広がっていた。こんな場所で生活できたら、さぞ優雅《ゆうが》だろう。

ほどなくしてチャイムが鳴り、鷹野と榎本が現れた。

「お邪魔します」

「お、三倉、もう来てたのか」

「……お疲れ様」

こうしてプライベートな場で彼らと会うと、どうも落ち着かない気持ちになる。そもそもこの後のことをわかっていて、自分はどうしてのこのこと出向いたのだろう。ただの食事会で終わるはずなんかないのに。期待していると思われても仕方がないと思った。

「君たち手が空《あ》いてるなら手伝ってくれよ。先生はお客様だからいいけど」

「へいへい」

「何すればいい？」

「そこの皿を並べてくれ。あとサラダ盛り付けて」

「や、やっぱり手伝いましょうか？」

自分だけ働いていないのはバツが悪い。だが結局、三倉はいいからいいからとキッチンから追い出されてしまった。それから三十分ほどで料理は完成し、大皿にいくつもの料理が並んだ。三倉が教室で教えたものもあれば、そうでないものもある。

「あ、これ美味《おい》しいですね」

サーモンのグリルを口にした三倉が褒《ほ》めた。

「オニオンとトマトのソースがすごく合います」

「ああ、よかったです。ありがとうございます」

三倉の言葉に、彼は嬉《うれ》しそうに答える。佐埜が作ったものは、どれも丁寧《ていねい》に調理されていて美味しかった。

「下ごしらえから、これだけ作るのは時間がかかったでしょう」

「いえ、料理は下手《へた》の横好きなので。三倉先生に美味しいものを食べていただきたかったですし」

「…ありがとうございます」

そんなふうに言われれば三倉も嬉しかった。されたことばかりに目が行きがちだが、彼らもいいところのある人間なのだ。アルコールがいい感じに回って、少しふわふわしている。楽しい気分になった三倉は上機嫌《じょうきげん》になった。

「本当によかったです。来ていただけないかもと思っていたので」

「……俺が危機感《ききかん》もなく、ふらふらと出てくる人間だって思ってますか」

榎本と鷹野の件に鑑《かんが》みれば、そう思うかもしれない。

「いいえ。だってそれは、俺達を信用してもらったからでしょう。榎本君と鷹野君は、それを裏切ったみたいだけど」

「人聞きが悪いな、佐埜さん」

「ですよ。騙《だま》し討《う》ちみたいに」

榎本、鷹野からそれぞれ文句が上がった。

「はは、ごめんごめん。まあそれに関しては俺も同類だ。ただ俺はフェアだから、きちんと君たちも呼んであげたけどね」

そう言うと、榎本と鷹野は鼻白《はなじろ》んだような表情をした。もしかしたら佐埜はけっこう根に持っているのではないだろうか。

ともあれ、食事に関しては大満足だった。それぞれ酒を飲んでリビングに移り、映画を見たり雑談をしたりして時を過ごす。彼ら三人は話題も豊富で楽しかった。コミュニケーションに少し難があるのかと思わせる榎本も、多少、趣味が特殊《とくしゅ》なだけで、さほど口下手《くちべた》というわけではない。むしろ佐埜という聞き役と、鷹野という突っ込みがいるせいか、彼の話は飛躍的《ひやくてき》に興味深いものに変わった。

ふと、流れている映画の場面で、犬が駆《か》けてきて飼い主に飛びつくと、盛大に舐《な》め回すシーンが映る。それを見ているとなんとなく意識してしまい、三倉は画面から目を逸《そ》らした。

「――――そう言えば」と榎本が言った。

「三倉先生、教室の時、俺らのこと熱い目で見てましたよね」

「えっ」

三倉は思わずどきりとする。

「ああ、そうそう。あれは俺も少し焦《あせ》った。周りにバレちまうんじゃないかって」

「そ、そんなわけないだろ！」

絶対に違う。三倉は抗議《こうぎ》する。自分はなるべく普通に接するように努力していた。だからそんなはずはないのだ。

「……ですね。俺が食事に招待しますって言った時も、目が可愛らしく潤《うる》んでいた」

「…また、三人してそんなことを言うんですね。もうその手には乗りませんからね」

三倉は精一杯《せいいっぱい》、屹然《きつぜん》とした態度をとった。これまでの付き合いに応じて、彼らの人柄《ひとがら》に対しては一定の評価をしている。だがこんなふうに搦《から》め捕《と》られると、また丸め込まれそうになる。

「ふむ」

佐埜が鼻を鳴らした。

「では確認しましょう。三倉先生は今日ここに来てくれたということは、我々に対して嫌悪感《けんおかん》を持ってはいないということですよね？」

「それは、そうです」

「それは何故《なぜ》？　対外的に見れば、俺達が先生にしたことはなかなか衝撃的《しょうげきてき》だったはずです。それでも俺達を遠ざけず、関《かか》わってくれているのは？」

「それは――――」

三倉は考え込んだ。あの日から時々、三倉はこうして答えを見つけようとしている。だがその結論はいつも、三倉が認めたくないところにたどり着いてしまうのだ。

「……どうしても、言わせたいんですか」

「できれば聞きたいですね」

榎本が言う。

「俺は俺なりに先生に好意持ってるんで。自分がどう思われてるか気になります」

「榎本さんかっけー。男らしい」

「鷹野君だってそうだろう？　君は高校の同級生だっていうし」

「まあね」

鷹野は頷《うなず》いた。彼と目が合った時、三倉はかつての母校に一緒に行った時のことを思い出す。あの時は、時が戻ったような気がした。彼と自分は確かにあそこにいたのだと。

「自分でもわからないんです」

三倉は今の時点で精一杯のことを答えた。

「あんなことがあって、ショックはショックだったけど――――、俺は確かに、そういう欲求があるんじゃないかって思います。自分でも認めたくはなかったけど、あなたたちに迫《せま》られると拒《こば》みきれないのは、自分でもそれを望んでるんじゃないかって」

必死に言葉を探してそれだけを言った。合間に、はあ、と息をつく。

「あなた方にはそれぞれいいところがあると思う。俺は、そういう部分をいいなって思っていて――――、だから、そればっかりじゃ――――」

だんだん何を言いたいのかわからなくなってきた。混乱する三倉を、佐埜の優しい声が導く。

「つまり三倉先生は、俺達とのプレイも嫌ではない、俺達の人柄もある程度好《この》ましく思っている、そういうことでいいですか？」

「そ、そう……です」

それで間違ってはいないはずだ。多分。

「よかった。それなら何も問題はない」

佐埜は、にこやかな笑みを浮かべて言った。

「先生は素直だから、思わず目線にも出てしまったんですね」

「いや、それは出ていません」

その件は認めないと榎本に対抗《たいこう》する。すると鷹野がおかしそうに笑った。

「まあ、いいじゃん。そうやって強情《ごうじょう》張るのも可愛いし」

空気が覚えのあるものに変わっていった。三倉の身体がぎくりと強張《こわば》る。

「違いない。ベッドに連れて行って可愛がってやれば、素直になるか」

榎本が立ち上がる。佐埜と鷹野も、自分のグラスを置いてゆっくりと席を立った。

――ああ、また変になる。

近づいてくる影《かげ》を目にして、三倉はそう思った。

お手数ですが
切手をおはり
下さい。

郵便はがき

102-0075

東京都千代田区三番町8-1
三番町東急ビル6F
㈱竹書房　ラヴァーズ文庫

「舐め男
～年上の生徒にナメられています～」
愛読者係行

アンケートの〆切日は2021年10月31日当日消印有効、発表は発送をもってかえさせていただきます。

A	芳名《フリガナ》	B 年齢　　歳	C 男・女
D	血液型	E	ご住所 〒

F　ラヴァーズ文庫ではメルマガ会員を募集しております。○をつけご記入下さい。
・下記よりご自分で登録　　・登録しない（理由　　　　　　　　　　）
・アドレスを記入→

G　メールマガジンのご登録はこちらから
LB@takeshobo.co.jp
（※こちらのアドレスに空《から》メールをお送り下さい）
←携帯はこちらから

購入方法
・書店
・通販
・その他
（　　　　　　）

※いただいた御感想は今後、「ラヴァーズ文庫」の企画の参考にさせていただきます。
なお、御本人の了承を得ずに個人情報を第三者に提供することはございません。

「舐め男～年上の生徒にナメられています～」

ラヴァーズ文庫をご購読いただきありがとうございます。2021年新刊のサイン本(書下ろしカード封入)を抽選でプレゼント致します。(作家：ふゆの仁子・西野 花・いおかいつき・バーバラ片桐・奈良千春・國沢 智)帯についている応募券２枚(４月、７月発売のラヴァーズ文庫の中から２冊分)を貼って、アンケートにお答えの上、ご応募下さい。

H	●ご希望のタイトル ・龍の恋炎　ふゆの仁子　・舐め男～年上の生徒にナメられています～　西野 花 ・オメガの乳芽（仮）　バーバラ片桐　・ギルティフィール（仮）　いおかいつき
I	●好きな小説家・イラストレーターは？
J	●ご購入になりました本書の感想をお書きください。 タイトル： 感想： タイトル： 感想： 応募券を貼って下さい　応募券を貼って下さい
K	●プレゼント当選時の宛名カードになりますので必ずお書きください。 住所　〒 氏名　　　　様

だが、嫌ではない。そのことが問題なのだった。

せめて風呂に入らせて欲しい、と三倉は訴《うった》えた。おそらく今日も、身体の奥まで舐められてしまうだろうと思ったからだ。

「先生の味が濃いのがいいのに」と榎本は渋《しぶ》ったが、今日はいいでしょうと佐埜が許してくれて、バスルームを貸してもらった。三倉はいい香りのするボディソープで必死になって全身を洗う。それこそ身体の中まで。

ガウンを羽織《はお》り、寝室のドアの前まで来て、緊張《きんちょう》していることに気づく。いや、これは緊張ではない。ただ高鳴って、心臓が脈《みゃく》打《う》っているのだ。

「――――」

震《ふる》える手でドアの取っ手を摑《つか》む。開けると、そこは薄暗くなっていた。彼らがどこにいるのかよく見えない。足を踏み入れた時、腕を強く摑まれ、引かれた。

「あっ⁉」

強く抱きしめられ、誰かに口を吸《す》われる。その背後からガウンを剝《は》ぎ取られるようにして脱《ぬ》がされ、ベッドへと押し倒された。

「待ってたよ」

佐埜の声が耳元で囁《ささや》く。気がつけば、そこに三人の男の影があった。目が慣れるにつれてはっきりと見えるようになる。

「今度は先生を食べさせてください」

佐埜がちゅ、と耳たぶを食《は》む。背中がぞくりとした。

「一晩かけて、ね」

「どれだけイくのか、楽しみだな」

思考がとろりと輪郭《りんかく》を失う。三倉の心臓はずっとどきどきして、これから行われるであろうことを待っている。そんな自分が恥ずかしいと思うのに、止められない。

「はい、じゃあバンザイして」

両腕を摑まれて頭の上に固定された。そして無防備《むぼうび》になった両方の脇《わき》の下に、榎本と鷹野が舌を這《は》わせてくる。

「あんうっ」

びくん、と身体が跳《は》ねた。異様な感覚に身体中が震えてしまう。

「そ、そこ、やっ、あっ、あっだめっ……！」

脇の下はひどく敏感《びんかん》で、舐められるとくすぐったくてたまらない。それをわかっているはずなのに、彼らは執拗《しつよう》に柔《やわ》らかい肉をしゃぶり、窪《くぼ》みに優しく口づけてくるのだ。

「は、ぁあっ、あっ、あっ！　……あぁ――――～～…っ」

「じっとしてろ」

「だ、だめ、できない…ぃっ」

「相変わらず敏感ですね」

それを見ていた佐埜が、三倉の脚を持ち上げる。てっきり口淫されるのだと身構えていた三倉だったが、佐埜は三倉の脚の付け根を舐め上げてきた。

「ああっ、またぁっ…」

またそこを焦《じ》らされる。三倉の脚の間の肉茎は、たちまち勃《た》ち上がって張りつめる。それなのに、きっとしばらくの間は触れてさえもらえないのだろう。

「ここをさんざんお預《あず》けされて虐《いじ》められると、すごく気持ちいいでしょう？　先生の身体がそう言ってましたよ」

「っあ、そん、なっ…！」

確かにその通りだった。ぎりぎりまで放置された上で執拗に刺激されると、気が狂《くる》いそうなほどに感じてしまう。

「想像してヒクヒクしてる。やらしいですね」

「ああっ」

榎本の意地悪な声にも反応してしまった。彼らに言葉や愛撫《あいぶ》で虐められると、どうしてなのか昂《たか》ぶってしまう。その理由は考えたくなかった。

佐埜はすぐ横でそそり勃《た》っているものには目もくれず、脚の付け根をちゅうちゅうと吸い上げる。それから柔らかな内腿《うちもも》に舌を這わせ、時折《ときおり》吸いついて舐め回した。

「あっ、んっ…、ああんんっ……！」

「脇の下もびくびくして可愛いな」

鷹野は舌先をつうっと滑《すべ》らせ、そこから少し下の脇腹をなぞる。

「今度はこっちだ」

「は、ふあっ、あ、あ……んんっ！」

くすぐったいのと気持ちがいいのとで、おかしくなりそうだった。喘《あえ》ぎっぱなしの口の端《はし》から唾液《だえき》が零《こぼ》れる。それさえも、榎本が舐め上げて口を吸った。

「……っ、んっ、ふ」

くちゅくちゅと舌が絡《から》み合う音が、頭蓋《とうがい》に大きく響《ひび》いていやらしい気分になる。

「は、あ、ふあ…っ」

三倉は仰《の》け反《ぞ》った全身をぴくぴくと震わせた。はしたない格好で身体を開いて、男に恥ずかしいところを舐め回されている。そんな状況が脳を沸騰《ふっとう》させた。そして確かに気持ちのいいところをしゃぶられているのに、決定的な場所を避《さ》けられているせいで、おかしくなりそうなほどもどかしい。

「あああ、あく、う……っ」

脚の間の肉茎を触って欲しくてたまらなくて、腰が何度も浮いた。その度に先端《せんたん》を濡《ぬ》らす愛液が滴《したた》り落ちて下生えを濡らす。

「はあ、あう、おね、がい、だから……っ」

とうとう耐えられなくなって、三倉は哀願《あいがん》した。

「もう降参《こうさん》か？　ちょっと我慢《がまん》が足りないんじゃないのか？」

「そ、そんな、こと、な……っ」

こんなに身体中を舐められて、それでも焦らされているのだから、三倉は強制的に我慢させられている。

「な、なんでも、言うこときく、から……っ」

すると男達の間から質《たち》の悪い笑みが零れた。この言葉はよくなかったかもしれない。けれど今更《いまさら》後悔しても後の祭りだった。

「なんでも言うことをきくのなら仕方ないですね」

佐埜の手で両膝《りょうひざ》を、ぐっと左右に開かれる。めいっぱい張りつめたものが苦しそうに勃起《ぼっき》していた。

「こんなにつらそうにしているし」

「あっあああっ」

指先でつう、と撫《な》で上げられ、思わず鼻にかかった声を上げてしまう。

「では、先生の大好きなことをして差し上げますね」

「あ、ああっんううっ」

れろり、と裏筋《うらすじ》を舐め上げられ、そのまま先端《せんたん》部分を咥《くわ》えられた。

「ふぁあっ、……あんぁあぁあ…っ」

電流が走るような快感《かいかん》に、三倉は仰け反ってあられもない声を上げる。刺激を欲しい場所に与えられた歓喜《かんき》に涙が浮かんだ。

「っ、あっ、あっ、あっ！」

じゅるじゅると吸《す》われ、その度に腰が浮く。

「気持ちいいですか？　先生」

聞いてきたのは榎本だった。

「き、きもち、いい…っ、あっいいっ…～～っ」

「なら、もっとよくしてあげましょうね」

次の瞬間、三倉は、ひっと息を呑《の》んで上体をびくびくと揺《ゆ》らす。榎本と鷹野が、三倉の左右の乳首をそれぞれ舐め始めたのだ。

「あっ、あぁぁあっ」

さらに敏感な二つの突起《とっき》を舐め転がされて、三倉は高い声を上げる。種類の違う快感を一度に味わうのには限界があった。なのに執拗に嬲《なぶ》られて、三倉はたちまち絶頂へと追い上げられる。

「は、ああっ、あっあっ、イく…っ、イくぅぅぅ……〜〜っ！」

はしたない言葉を漏《も》らしながら、三倉は佐埜の口の中に白蜜《はくみつ》を吐《は》き出した。出しながら吸われて、追い打ちをかけるような快感にひいひいと啜《すす》り泣く。だが達したからといってそれで終わりではない。むしろそこからが本格的な快楽《かいらく》の始まりだった。

「乳首、すごく尖《とが》って、膨《ふく》らんで、やらしいったらないですよ」

榎本が三倉の乳首を舌先で弾《はじ》きながら言う。まだ絶頂の余韻《よいん》の中にいるのに、彼らの愛撫は少しも止《や》むことがない。片方のそれも、鷹野にちゅるちゅると吸われてしまう。

「ううっ…あぁあ……っ」

三倉は快楽に仰け反り、身を捩《よじ》らせる。

「佐埜さん、俺それしゃぶりたい」

「わかった」

鷹野の声に、佐埜は股間《こかん》の肉茎から、三倉の太腿のほうへとずれる。ふくらはぎに唇を這わせたかと思うと、脚の指をぱくりと口に含《ふく》んだ。

「あふうぅっ」

そこがひどく感じる場所であるということも、知ったのはつい最近のことだ。

鷹野が胸のほうから身体を伸ばし、三倉の肉茎を逆向きに咥える。ビクン、と大きく腰が震えた。

「は、あああぁあ…っ」

「こんなすぐビンビンにしちまって……、イイとこ、うんと虐めてやるからな」

「ふあ、ああ…っ、そ、そこ、だめ、んぁ、ああぁあ…っ」

鷹野の舌先が三倉の肉茎の弱い場所ばかりを責めていく。快楽が強くて腰を引きたいのに、両手でがっちりと太腿を押さえられてしまっていてそれも敵《かな》わない。先端の割れ目のあたりを辿《たど》られると、頭の中がかき乱されるような刺激に啼泣《ていきゅう》した。

「や、ぁ…ん…っ、ああ、ああ、い、いい…っ！」

「三倉先生、エロ漫画だったら、今絶対、喘ぎ声にハートマークついてますよ」

榎本がまたわけのわからないことを言ったが、絶対にいやらしい意味に違いない。

「ほら、またたくさん出せよ、三倉」

「ひ、ゃ、ぁああっ」

蜜口をぐりぐりと舌先で穿られ、大きすぎる刺激に悲鳴を上げた。相変わらず乳首も吸われ、足の裏も舐められていては、あっという間に限界がきてしまう。

「あっ、また出るっ、あっ、あっ、ああぁああ…っ！」

ぐううっ、と背中が浮く。鷹野の目の前で、三倉は白蜜を噴《ふ》き上げた。その先端に吸いつかれて、切れ切れの声が上がる。

「んあぁあぁ…ああ――…っ」

快楽に揉《も》みくちゃにされて、もう死にそうだった。ぐったりと横たわる三倉の耳に、鷹野と榎本の会話が聞こえる。

「榎本さんもしゃぶる？　さすがにちょっと薄くなってるけど」

「もちろん」

もう、もう駄目《だめ》だ。そこは舐めないでくれ。そう訴えたかったが、荒《あら》い呼吸に言葉にはならなかった。鷹野と同じように、反対側から榎本の上体が覆《おお》い被《かぶ》さってきて、三倉の少し柔《やわ》らかくなった肉茎を摑む。感じすぎているそれに、濡《ぬ》れた舌がぴちゃりと当てられた。

「は…っ、あ…っ、あ…っ、も、もう、だめぇ…っ」

それでも舐められると快感を得てしまって、三倉は啜り泣きながら哀願する。三人の男にかわるがわる執拗《しつよう》な口淫を受けて、肉体が限界だと訴えていた。

「ダメダメ。なんでもするって言ったでしょう？」

佐埜が優しく笑いを含んだ声で言ったが、その響きは容赦《ようしゃ》がない。

「あぁ…あ、も、おかしく…なる…ぅっ、んあぁああ……っ」

裏筋《うらすじ》を重点的に舐められ、腰ががくがくと痙攣《けいれん》した。

「先生、ここ気持ちいい？」

「あっあっきもちぃ…っ、と、とけ、る…っ」

快楽と興奮が大きすぎて、自分が何を言っているのかもうわからない。ただ、自分の発する卑猥《ひわい》な言葉にさえ昂ぶっていた。

「―――先生のここ、ヒクヒクしていて可愛いですね」

「んあぁあっ」

ひっきりなしに収縮《しゅうしゅく》している後孔を佐埜に指先でくすぐられ、三倉は嬌声《きょうせい》を上げる。

「ここで気持ちよくなるのも、すっかり覚えたでしょう」

「ん、ん…っ、あんんん…っ」

「次はこちらでたっぷりイかせて差し上げますよ」

後ろでの快感を思い出し、三倉はくうう、と泣くような声を上げた。肉茎は榎本の口の中でぬるぬるとしゃぶられて、愉悦《ゆえつ》に悶《もだ》えている。

「ああっ…、こ…こんな…っ、んっ、んっ！」

また、大きな波が押し寄せてきている。溺《おぼ》れてしまう。

「ああ、あ―――～っ、～～っ！」

けれど絶頂に抗《あらが》えるはずもなく、三倉はまた簡単に追い上げられてしまう。下腹を痙攣させ、榎本の口中に白蜜を吐き出した。

「…ふう。先生のコレだったら、いつまでも舐めていたいよ」

「同感だが、今日はセックスに移行しよう」

　佐埜がまるで何かの手順を促《うなが》すように言う。三倉はこの時点でもう、身体中がじんじんと脈《みゃく》打《う》っていた。もうできない、と思っているのに、後ろがじくじくと疼《うず》いている。

「さあ三倉先生、今度はお尻で気持ちよくなりましょう」

「あ、あ…っ」

　佐埜に後ろから抱きしめられ、腰を上げさせられた。三倉の後ろは男を待っていて、佐埜の男根の先端を押しつけられると、内部が一気にざわめく。

「挿れて欲しいでしょう？」

「あ、ぁあ…っ、い、れ……」

　もう無理だと思っていても、いざ男根を前にすると理性が熔《と》けてしまう。先端が肉環をこじ開けてくると、ツンとした刺激に喘いだ。

「あうう、ああ…っ」

「……相変わらず、吸い付きがすごいですね…っ」

　はっ、はっ、と息を乱しながら、佐埜のものを根元近くまで受け入れていく。それだけで三倉は軽く達してしまっていた。膝立《ひざだ》ちの状態で、佐埜の肩に頭をもたせかけるようにして仰け反る。だが三倉には、もっと淫《みだ》らな仕打ちが待っていた。

「やっ、あっ⁉」

（深い）

佐埜が三倉に挿入《そうにゅう》したままで座り込んでしまったので、彼の膝の上に座り込む体勢になってしまい、自重で佐埜の男根をすっかり咥え込んでしまった。先端が三倉の最奥を抉《えぐ》ってくる。

「ああ、あうぅう…っ！」

「先生は奥が好きでしたよね」

そのまま何度か突き上げられてしまい、弱い場所をぐずぐずにされた。逃げ場のない格好《かっこう》で、下からずんずんと責められて、男の膝の上で悶えるしかない。

「あっ、あ——～～っ、ああっ……！　そ、そこ、は、あ……っ！　あっ⁉　そん、な、ああ、だめ、だっ…！」

広げられた両脚の間に鷹野が頭を沈《しず》め、屹立した肉茎に舌を這わせてくる。挿入されている最中の口淫はあまりに淫らで、三倉は取り乱した。

「い、いっしょは、だめ、あ、からだ、へんに、なるっ……！」

「いいから、変になっちゃいましょうよ」

横から榎本が舌を伸ばしてきて、尖りきった乳首を舐め上げてくる。いくつもの弱い場所を同時に責められてしまい、三倉は声もなく仰け反って達した。

「～～～っ！」

「あ、すげえ、ビクビクしてる」

「ああ、もったいねえ……。汁《しる》、漏《も》らすなよ」

とろとろと先端から零《こぼ》れる愛液を、鷹野があわてて舌ですくった。佐埜の男根でいっぱいにされた三倉の肉洞は、ごりごりと奥を突いてくるものをめいっぱい食い締める。

「三倉先生、出しますっ……！」

「ふ、あ、あああ、熱っ……！」

佐埜の迸《ほとばし》りが内壁に叩《たた》きつけられた。それにも軽く達してしまった三倉の肢体《したい》がわななく。腹の中がじんじんと熱く疼くようで、もっともっとと欲している。

（いつのまに、こんな）

こんなに欲深くなってしまったのだろう。

「尻を上げろ」

「んあっ」

佐埜のものを抜かれると、今度は鷹野が三倉をシーツに這わせた。ひくひくと蠢《うごめ》く濡れた後孔に熱が押しつけられる。息をつく暇《ひま》もなく、それがずぶずぶと押し這入《はい》ってきた。

「んぅあっ、あっ」

挿入された瞬間から快楽を感じとってしまって、力の入らない指先でシーツをかきむしる。

「いい感じにぬかるんでるな」

佐埜が先に中で放ち、その直後に男根を入れられて動かされると、濡れそぼった肉洞がぐぷぐぷと音を立てる。まるで淫乱《いんらん》な女のようなそこに、三倉は恥ずかしさに悶えずにはいられなかった。

「ああっ…や、恥ずかし…っ」

「恥じらいがあるのも、たまんねえよ」

入り口から奥までを丹念《たんねん》に擦《こす》られると、全身がぞくぞくと感じて震えてしまう。そんなふうにぎりぎりな三倉の身体を、男達は更《さら》に煽《あお》った。佐埜が背中に舌を這わせ、榎本が前方の肉茎を握《にぎ》って扱《しご》いてくる。

「…っああ、あぁ――～～…っ」

身体中が気持ちいい。内側も外側も感じさせられて、どうすればいいのかわからなかった。ただ喉を反《そ》らし、かぶりを振って、快楽に必死に耐《た》えようとする。それは無駄《むだ》なことなのだが。

「うあ、ふぁあっ…あっ!」

耐えられないと、簡単にイってしまう。腰を大きく震わせて三倉は達した。肌が脈打ち、身体が燃えるような熱さに包まれる。その状態で奥を小刻《こきざ》みに突かれ、嗚咽《おえつ》のような声を上げた。

「んぁああ…っ、そこっ、そこ、だめぇえ…っ」

「ダメじゃねえよ。いいんだろ?」

鷹野は深く挿入したままで腰をぐりぐりと回すように蠢かす。そうされると奥の駄目なところがひどく刺激されてしまい、頭の中が真っ白になった。

「は、ふあぁ――……あ」

ろくに声も上げられずにいると、榎本が三倉の顎《あご》を掴んで、ぐいっと上向かせる。

「こんなに涎垂《よだれた》らしちゃって」

「ん、ふぅう――う」

喘ぎすぎて唾液が零れっぱなしになっている口元を舐められ、三倉は榎本に唇を塞《ふさ》がれた。後ろから突かれる律動と、身体中を愛撫される快感の中で、更に深い口づけを受けるのは苦しい。けれど三倉はむしろ恍惚《こうこつ》となって、榎本と舌を絡《から》ませ合った。

「ん、は、あぁ……あ」

腹の奥が痙攣する。中にいる鷹野の脈動が大きくなっている。背後から短く呻《うめ》く声が聞こえた。何か、悪態《あくたい》のような言葉も。

「はあ、相変わらず、エグいくらい絡みついてくるな…っ、本当は俺、もっと保《も》つんだぜ」

「見栄《みえ》張らなくていいよ、鷹野君」

「三倉先生の前では、多分みんな同じだからね」

榎本と佐埜の声に、鷹野は、ちっと舌打ちした。

「ああ、まったくだよ――――、三倉、出すぞっ」

「あっ、あっ、あぁぁあっ！」

中にいる鷹野が弾けて、奥に熱いものが注《そそ》がれる。全身を侵《おか》されるような快楽に三倉は仰け反って震えた。思考が甘い陶酔《とうすい》に痺《しび》れきっている。

「……ああっ」

くたりと力の抜けた身体がシーツに仰向《あおむ》けに転がされた。まだ、榎本が残っている。脚の間に割り入ってきた彼を、潤《うる》んだ視界が映し出した。

「三倉先生、正気保《たも》ってます？」

「まあ、飛んじまったほうが素直になれるだろ」

「ある意味、こちらが危険だけどね」

彼らが何か言っている。けれどそれももう、どうでもよかった。三倉は脱力する脚をどうにか広げる。そこには二人分の精液に濡れた淫らな孔があった。

「ここ、挿れて……」

「マジかよ…」

榎本が信じられないように呟《つぶや》く。

「そんなスケベに煽ったら、どうなっても知りませんよ」

理性が熔け崩《くず》れ、快楽を求めるだけになってしまった三倉の肉環に、榎本は先端を押しつける。

「ああっ」

物欲しげな、喜悦《きえつ》に満ちた声を上げる三倉の中に、榎本が己《おのれ》を一気に挿入する。まるで熱い沼《ぬま》のようなその場所に、彼の男根が迎《むか》え入れられた。

「あんんんっ！」

媚《こ》びたような声が三倉の喉から上がる。

体内を貫《つらぬ》かれる感覚は泣きたくなるほどに気持ちよくて、顔の横のシーツをわし掴む。

「熱っつ…」

榎本が感嘆《かんたん》するように呟いた。それからゆっくりと、時に小刻みに腰を動かしてくる。さんざん犯《おか》され、快楽を教え込まれた三倉の肉洞は、彼の律動から得られる快感を余すところなく享受《きょうじゅ》しようと男根に絡みつく。

「は、ぁ…は、ああ、ああっ、ぃ…ぃ」

淫蕩《いんとう》に蕩《とろ》けた表情で喘ぐ三倉に、男達はその嗜虐心《しぎゃくしん》を煽られたようだった。

「こんな顔をされると、もっと虐めてあげたくなるね」

「へえ、佐埜さんでもそんなこと思うんだ」

「俺はもともと好きな子には意地悪《いじわる》をしたいタイプだよ。ベッドの中に限るけどね」

「……まあ、気持ちはわかりますよ」

佐埜と鷹野はそんな会話をすると、何かを示し合わせたのか、三倉の左右の乳首を舌先で転がし始める。三倉の上体が、びくんっと大きく跳《は》ね、背中が仰け反った。

「あ、あ、んんっ、……そ、そこ、はっ……」

赤く膨らんだ乳首は刺激されればされるほどに敏感になっていた。特に挿入されながら弄《いじ》られたり吸われたりすると、たまらないほどに感じる。

「感じるでしょう？　三倉先生」

「ふあ、あ、んんっ、…っか、感じ、る……っ」

三倉は興奮《こうふん》のままに肉体の快楽を口にした。内部を思う様擦《こす》られ、抉られながら、尖って固くなった突起をぬるぬると扱かれたり、吸われたりしている。頭の中はもうぐつぐつ沸騰《ふっとう》して、気持ちいい、という感情しか思い浮かばない。

「おい、前も触ってやったらいいんじゃないのか」

榎本の言葉に、佐埜と鷹野が手を伸ばしてきた。三倉の股間でそそり立っているものの根元を佐埜に、先端部分は鷹野に握られ、それぞれ卑猥な愛撫を加えられる。

「っ、あっ、あああっ、あぁぁああ――～～っ、だめっ、……っき、もち、…いっ」

弱いところをすべて押さえられてしまい、三倉は身悶えながら泣き喘いだ。中にいる榎本を強く締め上げると、それによって内壁がさらに感じることを知ってしまい、身体が望むままに絞《しぼ》り上げる。

「う、わっ…、すげ…っ」

その蠕動《ぜんどう》の凄《すご》さに声を上げた榎本は、負けじと腰を使った。内壁を振り切るように突き上げ、奥を捏《こ》ね回す。

「んっんっ、あぁぁ、あっ、い、イく、あぁっイくうっ……！」

髪を振り乱し、三倉は一際《ひときわ》大きな絶頂へと身を投じる。同時に榎本の飛沫《しぶき》が奥へと注がれ、その感覚に腹部をわななかせた。

「うあ――……あ、あ……」

全身を多幸感《たこうかん》が包んでいた。三倉の中にいた榎本がふう、と大きく息をつき、自身を引きずり出す。その刺激に小さく震える三倉の頭を、佐埜が優しく撫でていた。

「先生、約束したでしょう」

料理教室のスタジオで、三倉は彼らから詰《つ》め寄られていた。両腕に抱えたファイルをぎゅっと握りしめて、誘惑《ゆうわく》に負けまいとしている。

「何と言われようと、今日はだめです」

「前回もそんなこと言ってませんでした？」

呆《あき》れたような榎本の声に、三倉は首を横に振った。

「言ってません」

「いやいや、嘘《うそ》つくなよ――――」

鷹野が三倉を責めるように言う。それでも三倉はガンとして譲《ゆず》らなかった。

スタジオには、もう誰もいなかった。他の生徒は帰ってしまっていたのだ。多くいる女性の生徒は、ここのところ彼ら三人が講師《こうし》の三倉に親しげな態度をとるのを、少ない男同士で仲良くしているのだろうとでも思っているらしい。

それは少し正しくて、大きく違うのだが。

「俺は、あなた方のことが嫌いではありません。むしろ仲良くなりたいとさえ思っています。

だからああいうことは頻繁《ひんぱん》にはしたくないんです」

先日、佐埜のマンションで三人に責められ、最後は理性を飛ばしてしまったことを、三倉はひどく恥じていた。

「あなた方が、俺の身体にしか興味ないっていうのなら別ですけど」

「いや、身体以外にも興味はありますよ、先生のこと」

慌《あわ》てて言う榎本の言葉に、三倉は小さく微笑《ほほえ》んだ。

「それなら、もう少し待ってもらっていいですよね？」

「先生が何を気に入らないのか、教えてもらっていいですか？」

佐埜に丁寧《ていねい》に尋《たず》ねられて、三倉はすん、と鼻を鳴らした。

「あなた方の人となりを、それなりにわかってきたつもりです。世間的には褒《ほ》められたことではないのかもしれませんが、あなた方とお付き合いすることも、嫌ではないと思うようになりました。いえ、むしろもっと知りたいです」

「だったら」

鷹野の声を三倉は遮《さえぎ》った。

「けれど、ああいうことをすると、俺はもう何も考えられなくなるんです」

真面目に人として向き合いたいと思っているのに、彼らの行為はあまりに刺激的すぎて、それ以上の思考が中断されてしまう。

あの日の出来事から正気に戻った三倉が感じたのは、これはまずい、ということだった。

（あんなことばかりしていたら、本当にそればっかりになってしまう）

自分の欲望の深さは充分に思い知らされた。彼らとのセックスが好きなことも、もう自覚している。だからこそ、自制は必要なのだ。

「わかってもらえませんか」

三倉に正面きってそうお願いされると、彼らはそれ以上、強く出られないようだった。

「ああ、あと――――、動画で脅《おど》すとかはなしですよ。というか、皆さんそんなことはしないと信じてますから」

ではまた今度のレッスンで。三倉はそう言うと、前に立っていた佐埜を押しのけて部屋を出た。パントリーに使っている部屋に籠《こ》もっていると、ややあって彼らが出て行く気配がする。誰もいなくなったのを確かめて、三倉は帰り支度をし、施錠《せじょう》をしてスタジオを出た。

――――どうにか今回も切り抜けられた。

彼らの誘いを何度も断るのは心苦しい。それはわかっている。けれど、三倉は自覚はすれど、覚悟のほうがまだ出来ていなかった。

あの蕩けるような快楽と痺れるほどの絶頂。

ついつい行為の場面を思い返し、思わず陶然《とうぜん》としそうになってしまって、慌てて首を振った。

「危ない危ない」

つい独《ひと》り言《ごと》を吐き出して、危機感をやり過ごす。

想像だけでこんなになってしまうのだから、実際にまたそんな場面に持ち込まれたら、今度こそ駄目になってしまいそうだ。

彼らが待ち伏《ぶ》せしていないかどうか、三倉は帰り道を注意深く歩く。いささか気にしすぎかと思うが、彼らならそれくらいやりかねないからだ。

だが幸いなことに、三倉は無事に自宅へと帰り着くことができた。ほっと息をつき、荷物をキッチンのテーブルの上に置く。

自分勝手だったろうか。今日の自分の態度を三倉は少しばかり反省した。

次に誘われたら、応じようか。そんなふうに思っている時、いきなりスマホが鳴りだしてびくりとする。慌てて画面を見ると、登録していない番号が表示されていた。だが、この番号には見覚えがある。これは三倉が登録を解除した番号だ。

「――――」

一瞬迷ってから、画面をスライドして電話に出る。

「もしもし」

『よう、久しぶり』

それは三倉が以前、付き合っていた多城《たしろ》だった。彼はあんなに非情に三倉を捨てたにもかかわらず、まるで少しの間会っていなかった親しい間柄《あいだがら》と話すような気安さだった。

『元気してたか？』

「元気だよ」

付き合っていた頃はそれなりに好きだったと思う。だが今は、まるで砂《すな》を噛《か》むように味気《あじけ》ない思いだった。

「何か用？」

『そんなつれない声出すなよ。怒ってんのか？』

もしも怒っていないと思っているのなら、多城は相当おめでたい性格だと思う。だが、彼にとってはそんなものなのだろうか。多城にとって三倉は、何をしても怒ったりしない都合のいい存在なのだと。

（今更《いまさら》じゃないか）

多城が三倉のことをどう思っていようが、もう関係ない。そう思うはずなのに、心の中に落《らく》胆《たん》のようなものが降り積もる。

『まあいいや。お前今、付き合ってる奴とかいる？』

「……いや、いないけど」

彼らの顔が頭に浮かんだが、三倉はとっさにそう言った。

『そ。じゃちょうどいいや。お前を紹介して欲しいって女がいるんだけど』

「……は？」

会うつもりはないと思っていたが、多城はよりによって女性を紹介すると言ってきた。

『お前、最近フードコーディネーターとかで売り出し中なんだろ？　それで、SNSとかで見たらしいんだけど、俺が知り合いだって言ったら、紹介して欲しいって言われてさ』

彼女は多城の仕事の関係者で、得意先の上層部と太いパイプを持っているらしい。彼女の機《き》嫌《げん》を取りたいがために、繋《つな》ぎをつけてきたらしかった。

「――――」

脱力感《だつりょくかん》が三倉を襲《おそ》う。別れた後まで、この男は三倉を利用しようとしているのだ。

「会うつもりはない」

『なんでだよ。会ってメシ食うくらい、別にいいだろ』

多城はしつこく食い下がってきた。次第に断るのも面倒になり、三倉は会うことを了承《りょうしょう》してしまった。一度食事して二度と会わなければいいかと投げやりな気持ちになっていた。そうしたら、この男と二度と口を利かなくてもいいのなら。

『マジか。サンキュー。じゃ、後でまた連絡するな』

そう言って通話は切れた。三倉はスマホをソファの上に放り投げると、その横にドサリと腰を下ろす。

「……なんで会うなんて言っちゃったんだろ」

その女性がどんな人間であったとしても、三倉には交際するつもりはない。友人関係としてでもだ。

――まだ、以前の自分から抜け出せないでいる。

多城に対して唯々諾々《いいだくだく》と従っていた頃の自分。それでも、一人でいるよりはいくらかマシだった。

（彼らと出会って、それもなくなったと思っていたのに）

今から電話をかけ直して、やっぱり会わないと断ろうか。

三倉は投げ出したスマホを手にし、履歴《りれき》から電話をかけようとした。だが、途中で動作をやめて再びスマホを放り出してしまう。

裏切られた傷跡《きずあと》は、自分でも驚《おどろ》くくらいに三倉の中に残っていたのだ。まだその男の言うことを聞いてしまうくらいに。

明かりをつけ忘れた部屋で、三倉はしばらくの間ソファに身を投げ出したままでいた。


「――――初めまして。宮田弓香《みやたゆみか》といいます！」

「三倉です」

多城から紹介された女性と会ったのは、その二週間後だった。駅前で待ち合わせをした三倉の前に現れたのは、長い髪をした、男好きのしそうな容姿をした可愛らしい女性だった。いきなり高いトーンで挨拶《あいさつ》され、三倉は少し驚いた。

「今日は来て下さってありがとうございます。多城さんにずいぶん強引に頼んじゃったから」

「そうなんですか」

「多城さんとはお友達なんですか？」

「まあ、そんな感じです」

そう言うと、弓香はふうん、と興味深そうに言った。

「なんか多城さん、『あいつは俺の言うこと必ず聞くから』とか言ってたんですよね。だからどんなご関係なのかなと思って」

三倉は困ったような笑いを浮かべた。そうするだけで精一杯だった。彼は三倉のことをなんだと思っているのだろう。無力感が湧《わ》き上がる。

「……もうすぐ予約の時間なので、行きますか」

「はい！」

三倉は適当な店に予約を入れておいた。女性を連れて行くのに間違いないと言われているイタリアンの店だ。ここに連れて行って、ご馳走《ちそう》して満足してもらって帰ってもらおう。とりあえず、彼女に罪があるわけではない。――近づき方がいささかまずかっただけで。

店に着くと、彼女は店内とメニューを見てにっこりと笑った。どうやら合格点に達したようだった。

「三倉さん、さすがお料理のお仕事をしているだけありますね。とっても素敵《すてき》なお店」

「それならよかったです」

弓香は明るく話題も豊富な女性だった。三倉も話していて楽しくなかったわけではない。自分に対する好意も感じる。けれどそれゆえに、三倉は彼女と会っていて罪悪感《ざいあくかん》にも似た気持ちをもった。もしも弓香が三倉に対して真剣ならば、ちゃんと向き合えない自分にはもったいないと思うからだ。

食事が終わり、店を出ると、当然のように弓香が身を寄せてきた。三倉の腕を取り、その豊満な胸を押しつけるようにしてくる。

「――ねえ、これからどうします？」

「タクシーで帰るなら捕まえますよ」

「わざと言ってるんですか？」

弓香は拗《す》ねたような口調で三倉を見上げた。

「女性に恥をかかせるものじゃないと思いますけど」

弓香に腕を引っ張られ、ホテル街のほうに連れて行かれる。困惑《こんわく》した三倉がどうやってこの場を収めようかと考えていた時、声がかかった。

「三倉君じゃないか」

振り返ると、そこには佐埜が立っていた。

「――佐埜さん！」

その時の三倉の目には、佐埜がまるで天の助けのように見えた。佐埜は三倉の様子を見ると、親しげに話しかけてくる。

「ちょうどいいところにいた。今から仕事の話があるんだが、いいかな？」

佐埜はいつものような生徒としての口調ではなく、仕事相手のような話し方で接してきた。ここから連れ出してくれるのだ。そう思った三倉は、佐埜に合わせるように答えた。

「行きます！　――弓香さん、すみません。仕事が入ってしまいました。また今度」

「ああ、では私がタクシーを拾いましょう」

「……え？　え？」

きょとんとしている弓香を、佐埜が紳士的《しんしてき》にタクシーの座席に促《うなが》して帰す。後で多城から何か言われるかもしれないが、どうでもよかった。

弓香を乗せたタクシーが見えなくなると、三倉は佐埜に向き直って頭を下げる。

「――どうもすみません。助かりました」

「あれでよかったんですかね？」

佐埜はいつもの口調に戻っていた。三倉はちらりと背後を振り返る。

「あのままだと、ホテルに連れて行かれそうになってたので――」

佐埜は肩を竦《すく》め、苦笑して三倉を見つめた。

「訳を聞きましょうか。では、ホテルには俺と行きましょう」

「え、ええっ⁉」

有無を言わさず、今度は佐埜に腕を取られてホテル街に連れて行かれる。助けてもらった借りがある三倉は、今度は逃げることができなかった。


「以前に付き合っていた人からの紹介なんですよ。仕事の関係でポイントを稼《かせ》ぎたいらしくて、一度食事してやってくれって。でも軽率にそんなことするべきじゃありませんでした」

後悔《こうかい》している、と三倉は続けた。ベッドの上に座り、あたりを見回す。

「それにしても――、こんなところ入ったのなんて久しぶりです」

「前の彼氏と一緒に？」

それには答えず、三倉は苦笑して目を伏《ふ》せた。

「三倉先生が女性と連れだって歩いている。しかし、なんだかとても困っているように見えたので、お助けしたのは間違っていなかったということですね」

「本当によかったです」

「そこまでおっしゃるなら、最初から行かなければよかったのでは？」

佐埜の声は、少し辛辣《しんらつ》だった。

「……そうですね」

彼の言うことは、もっともだと思う。

「佐埜さんの、おっしゃる通りです」

多城に何と言われようが、あそこで断るべきだったのだ。そうできなかったのは、まだ多城から完全に脱却《だっきゃく》できていないからだと思う。突然、切り捨てられて、自分でもどうしていいのかわからなくなっていた。

「あの時の俺は、本当にどうかしていました。血迷《ちまよ》って変な出会い系に登録して忘れてるし」

それから、ちらりと佐埜のほうを見る。

「……まあ、今もどうかしてますけど」

それを聞いて佐埜は、ふふっと笑った。

「先生がどうかしていてくれたおかげで俺達は出会うことができた。だから一概《いちがい》には悪いことだとは言えませんけど」

佐埜は三倉が座っているベッドの隣に腰を下ろした。頰《ほお》に触れられて、ぴくりと肩が揺れる。

「先生が気落ちしているのは、いただけないですね」

「……それ、本気で言ってます？」

三倉は苦笑いしながら返した。

「どうしてです？」

「俺が困ったり追いつめられたりしているのを見るのが好きみたいだから」

佐埜は肩を竦めて、困ったような顔で笑う。

「それは正しくもあって、正しくないですね」

「？」

「俺が好きなのは、あなたが俺の手で困ったり、泣いたり、可愛い顔をしてくれることです。他の人間が原因であるのは、好きではない」

「……」

「そしてできれば、先生には笑って、楽しそうにしていて欲しいです」

「……それも、佐埜さんの手によってですか」

「もちろん」

佐埜の顔が近づいてきて、唇が重ねられる。それを受け止めた三倉は、彼の舌を受け入れた。

「んん……ん」

敏感な口腔《こうこう》を舐められる感覚は気持ちいい。キスでこんなに感じられるということを初めて知った。

「今日、会ったのが私だけでよかったですね」

佐埜が三倉をベッドに押し倒して、くすくすと笑う。

「彼らが一緒にいたら、今頃、先生は嫉妬《しっと》した彼らにどんなことをされていたかわかりませんよ」

「……佐埜さんは嫉妬してくれないんですか」

三倉は佐埜を見上げて言った。どうしてそんな言葉が出たのかわからない。けれど、この身体に快楽を覚えさせ、前後不覚になるほどのセックスを教えた男の一人に、嫉妬くらいして欲しかった。

佐埜は少し驚いたような顔をすると、口の端を上げて笑った。それは少し、質《たち》の悪い笑みだった。

「え?」

「──先生は、悪い子ですね」

「そうやって年上の男を煽ると、どんなことになっても知りませんよ」

佐埜は自身の腰を三倉の腰に、ぐっと押し当てる。

「っ!」

そこは服の上からでもわかるほど隆起《りゅうき》して熱くなっていた。カアアッと頬が上気する。それと同時に、三倉は身体の内側がとろりと濡れるような感覚を覚えた。脚の間や胸の突起がじんじんと脈《みゃく》を打ち始める。

「あ……っ」

そんな三倉の反応に気づいた佐埜が、ゆっくりとシャツのボタンを外してきた。前が開いて、佐埜の長い指が忍び込んでくる。三倉はその感覚を全身で追っていた。

「先生は本当に快感に弱くて可愛いですね。こうしただけで――」

指先で、きゅっと乳首を摘《つ》ままれる。その瞬間、電気を流されたような刺激が走った。

「んあぁっ！」

「すぐに可愛い声を上げて、ビクビクしてくれる」

「そ、それ、はっ…、あなた方、がっ」

「ええ、俺達が先生の身体を開発しました。けれど、素質《そしつ》がなければ、こんなにいやらしくはなりませんよ？」

くり、くりと指先が乳首を揉《も》む。三倉の身体はその度に震え、跳ね上がる。

「このエッチな乳首をしゃぶって、イかせてあげましょうか」

「あっ、はっ…、あぁぁあっ」

佐埜の頭が三倉の胸元に埋《う》められ、乳首が熱く濡れた感触に包まれた。その途端《とたん》に甘く痺れるような感覚が身体中に広がる。

「んっんっ、あっ！」

もう片方を指先でカリカリと刺激されながら、舌先で弾くように虐められた。時折、ちゅううっと強く吸い上げられると、たまらなくなって声を上げながら背中が仰け反る。

「ふ、ぁあ…あっ」

佐埜は下肢の衣服も器用に脱がせてきた。とっくに反応していた肉茎が布地の圧迫から解放されて、勢いよく反り返る。きっとここも、いつものように舐めしゃぶられるのだろう。その時の強烈な快感を身体が覚えている。

「あっ、あっ…！　んんんっ」

乳首に軽く歯を立てられて、三倉の肢体がビクン、とわななく。

「あっ、やっ、か、噛んっ…だらっ」

「噛まれるのも好きでしょう？」

「あっ、んっんっ！」

乳暈を歯で挟《はさ》まれたかと思うと、そのまま乳首の先端を舌先でちろちろとくすぐられた。そんな淫らな愛撫に、三倉が耐えられるはずもない。

「あっ、ひ――…っ」

腰がびくびくと震えっぱなしになった。乳首と直結している下肢の快感が弾け、絶頂が全身に広がる。

「あううっ、ふううう――～～っ」

まだ触れられていない股間の肉茎から白蜜が弾けた。乳首で達してしまった三倉の目尻に、気持ちよさのあまり涙が浮かぶ。

「っあっ……、あっ」

「可愛かったですよ」

イったばかりの乳首を優しく舐め上げられて、下肢がじくじくと甘く疼く。三倉は喉を反らして、はあはあと息を乱しながら、腰をひくっ、ひくっ、とくねらせていた。それは凄《すさ》まじく淫らな光景だった。

「もう、待ちきれないですか？」

内腿を佐埜の両手で大きく開かれる。そこには先端を愛液で濡らしたまま、苦しそうに屹立しているものがあった。

「あ、あ、やぁあ…っ」

三倉はまだ羞恥を捨てきれない。だが快楽を仕込まれた肉体は、どうしてもして欲しい。その葛藤《かっとう》は、見る者に激しい劣情《れつじょう》を覚えさせるということを、三倉は知らなかった。

「あっ、あぁぁあ…っ」

脚の付け根にちろちろと舌先を這わせられ、内腿に痙攣が走る。奥の後孔が、きゅううっと締まった。

舐めて欲しい。もどかしくてたまらない。もう数え切れないほどに口淫された三倉の肉茎は、覚えている快楽を欲して、先端からとろとろと愛液を垂《た》れ流し続けている。

「本当に、たまらないですね…っ」

「あ、んんあぁぁんんっ」

まるで雷《かみなり》に打たれたような快感が三倉を貫《つらぬ》いた。佐埜の口腔に根元まで一気に咥えられ、裏筋を舌全体で擦られる。

「あっ、ふあっ、あああぁあ…っ」

快感のあまり腰が浮くが、佐埜の両手でしっかりと押さえつけられてしまった。動かせないようにされて、ねっとりと愛撫されると気が狂《くる》いそうになる。先端部分を強く弱く吸い上げられて、三倉はひとたまりもなく達した。

「うあ、あ、あ——あ、ああっ…!」

精路を白蜜が駆け抜けていく感覚が、腰が抜けるほどに気持ちがいい。三倉は下半身を抱え込まれたまま、何度も痙攣して絶頂を味わった。

「は、あ——あ、あうぅ…っ」

だがそれで終わりなわけがない。三倉の放ったものをすべて飲み下してしまった佐埜は、肉茎を清めるように、なおもそれに舌を這わせる。

「や、あっ、あっ、い、イった、から、あぁ…っ」

鋭敏《えいびん》になっているものを刺激され続けるのは少しつらい。だが彼らがそこでやめてくれたことはなかった。三倉がイってもお構いなしに愛撫を続け、快楽でめちゃくちゃにする。

「もっともっと、気持ちよくなってください」

「ん、あっ、あっ、あっ！」

ぺちゃ、ぴちゃ、と佐埜が舌を動かして優しく舐めると、肉茎が苦しげに震えた。許容量を超えた快楽を与えられ、悶えているようにも見える。

「あ、あ――…、あ…ん、ふぅうんんっ…」

三倉の喘ぎが次第に甘く鼻にかかったものに変わっていった。表情が恍惚《こうこつ》と蕩ける。快楽をすべて呑み込んで、淫蕩《いんとう》に堕《お》ちていく。

「ああっ気持ちいぃ…っ、も、もっと、吸ってぇ…っ」

佐埜が三倉の望むとおりに肉茎を吸い上げると、下肢に不規則に痙攣が走った。腰骨まで熔けてしまいそうだった。灼《や》けるような絶頂がまた込み上げてくる。

「あっイくっ、イくううぅ……っ」

頭の中が真っ白になりそうな極みにまた放り投げられた。どこかへ落ちていきそうな感覚が怖くて、シーツを強く握りしめる。

「ふっ…、んっ、あぁんんっ！」

再び口淫でイかされ、余韻に浸《ひた》る間も与えられず、三倉は後孔を舐め上げられて腰を跳ねさせた。

「じっとしていて下さい」

「あ…っ、やっ、そ、そこは、ぁ…っ」

後孔を舐められるのは苦手だった。気持ちいいのだが、もどかしいのが段々と耐えられないほどに強くなっていくからだ。ここを舐められていると、腹の奥がぐずぐずに蕩けてしまう。

「あっ、ひ…っ、んんっ、んうう…っ」

唾液を押し込まれ、肉洞がじゅわじゅわと痺れるようだった。恥ずかしくて脚を閉じたいのに、まったく力が入らない。そのうちに舌先が肉環をこじ開けるように捻《ね》じ込まれた。

「あふぅう、うう――…っ」

舌で犯される。

蕩けた後孔を、佐埜の肉厚の舌でじゅくじゅくと穿《うが》たれた。下腹の内側が熔けるように熱くなって、内壁がひっきりなしにうねる。

「ああっ…あぁぁあ…っ、い、イく…っ」

肉洞が引《ひ》き攣《つ》れるようにヒクヒクと収縮した。その度に快楽を覚えてしまって、三倉は下腹に、ぐうっと力を込める。けれど絶頂は容赦なくやってきた。

「あ、あっあっ、んううう――…っ」

後孔を舐められて、三倉は極めてしまう。なのに腹の中はちっとも満たされない。舌の愛撫では、入り口のほんの少ししか刺激してもらえないからだ。

「あ、あ――あ……っ」

満たされるには、もっと太くて長いものが必要だ。どくどくと熱く脈打つような。

「お、お願――い」

はやく挿れて。

三倉の潤んだ瞳は、雄弁《ゆうべん》にそれを訴えていた。

「さすがに奥までは、俺の舌も届きませんから」

そう言って佐埜が中心から引きずり出したものは、凶器のような偉容《いよう》を湛《たた》えている。それを目《ま》の当《あ》たりにし、三倉の喉がごくりと上下した。

「そんな顔をしなくとも、今差し上げます」

男根の先端が、縦《たて》に割れた肉環の入り口にそっと押し当てられる。それだけで三倉は腰を揺すってしまいそうだった。肉洞の奥がきゅうきゅうと蠢き、貫いてくるものを待ちわびている。

やがてそれは肉環をこじ開け、内壁を押し開いて這入ってきた。

「あ、んん、ああ――～～っ」

ずぶずぶと奥まで挿入され、最初の一突きで達してしまう。

「あ、ふあ――あ……っ、い…っ」

絶頂にびくびくと震えながら、最奥まで満たされた充足感《じゅうそくかん》に熱い息を吐く。三倉の下腹が、自分の放ったもので濡れていた。

「まだまだ、よくなるのはこれからですよ、先生」

佐埜の囁《ささや》きが耳に注《そそ》がれる。その感覚にも喘ぎながら、三倉は彼の背に腕を回した。

「う――…っ、あぁぁあ――…っ」

深い律動に髪を振り乱しながら、三倉は佐埜の男根によって、今度は何度も中で達するのだった。

「どういうことなんだ?」

目の前でかつての恋人が不機嫌《ふきげん》そうに腕を組んでいる。だがそれを目にしても、三倉の心はもう動かなかった。

「メシ食っただけで本当に帰されたって言ってたぞ。お前、まさか俺が言ったことを言葉通りに受け取ったんじゃないだろうな」

「言葉通りに受け取ったけど?」

人のあまりいないカフェで、三倉は多城と向き合っていた。呼び出され、先日の不首尾《ふしゅび》を咎《とが》められている。

「お前――、あれが俺にとってどんなに重要か、わかってんのか?」

弓香は多城の会社の取引先の娘で、今度のプレゼンを行う際に大きな影響力《えいきょうりょく》を持っているらしかった。

「それなら、自分で食事に連れていってやればよかったじゃないか」

「それが出来るなら、そうしてるよ!」

声を張った多城に、店内にいる人間の目が集まる。

「あんまり大きな声を出すと追い出されるよ」

「わ、わかってるよ」

慌てて取り繕《つくろ》う多城の姿を、三倉は色のない目で見つめている。

どうしてこの男にあんなに心乱していたのだろう。今となってはもうわからない。それも少し寂《さみ》しいものだなと、まるで他人事《ひとごと》のように思った。

「なあ、頼むよ。あいつ、すっかり臍《へそ》曲げちまってさ。今度のプレゼン通らないと、出世に響いちまうんだ。お前から弓香のこと誘ってやって、うまいことやってくれよ」

「どうして俺がそんなことを？」

「どうしてって……。俺とお前の仲じゃないか」

三倉はおかしくなって、思わず笑いを漏らした。どうやらこの男の中では、自分はいまだに都合のいい存在であるらしい。

「はっきり言うけど、俺はもう多城とは何の関係もないから」

「――何だと？」

「だから勝手に誰かに会えとか、今みたいに呼び出されるのも、もう迷惑《めいわく》なんだ。悪いけど」

三倉は静かに告げた。だがその言葉は、多城にとって大きな衝撃《しょうげき》をもたらすものだったらしい。

「は…？　お前、それ本気で言ってるのかよ？」

「だって俺達、別れただろう？」

「いや、まあそうだけどさあ――、お前には情ってもんがないのかよ。元彼が困ってんだから、助けになってくれるのが人間ってもんだろ？」

情という言葉をこの男が口にするのが不思議《ふしぎ》だった。情もなく三倉を切り捨てたのはこの男自身だろうに、まるでそれをすっかり忘れてしまったかのような言葉を口にする。

それとも、多城自身にはそんなつもりはなかったのだろうか。自分たちは円満に別れ、離れてもなお、三倉は多城のことを気遣うのが当然なのだと、そんなふうに思っているのかもしれない。

三倉にはそれについてもう落胆《らくたん》する気はなかった。ただ、よくそんな考えに至れるものだと、純然《じゅんぜん》と不思議に感じているだけだ。

「多城に対する情はもうない」

「……へ？」

彼はびっくりしたような顔で三倉を見る。

「俺の情はもう多城にはない。今は他に大事な人がいるから」

「え、な――、お前、もう付き合っている奴がいるのかよ⁉」

「そうだな。まあ、いるな――」

あれを付き合っていると言っていいのかはわからない。何しろ少々特殊《とくしゅ》な関係だと思うからだ。だが、三倉にとって、彼らはもうなくてはならない存在になっていた。それは本当のことだ。

「だからもう、多城には会えない。電話も拒否《きょひ》するから、俺の登録も消しておいてくれ」

「いや、ちょっと、待ってくれよ、なあ――」

至極《しごく》、慌《あわ》てたような反応をする多城の前で立ち上がり、テーブルの上に紙幣《しへい》を置く。

「仕事がんばってくれ。応援してる。じゃあ」

最後にニコリ、と笑って、三倉は店の外に出た。多城が追ってくる様子はない。

道路を歩くと、前から心地よい風が吹《ふ》いてくる。その風に髪を梳《す》かれるにまかせて、三倉はスマホを取り出して電話をかけた。

「――三倉です。終わりました。そう、ちゃんと言いました。……じゃあ、今から向かいます」

通話を終え、スマホを仕舞うと、三倉は駅の階段を軽やかに駆《か》け上がった。

「――はあ〜、そんなしょうもない男もいるんだな〜〜」

「ホストだって似たようなもんじゃないのか」

「職業差別すんなよ、榎本さん。俺はそこまでだらしない真似《まね》はしねえよ」

三倉の報告を聞いて、呆《あき》れたように言う鷹野に、榎本がぼそりと口を挟む。

「けれどまあ、これで三倉先生が完全に元彼と切れてよかった」

佐埜が落ち着いた声で告げた。

「別に、これまでだって、ずるずる付き合ってたわけじゃ……」

「そいつの出世のために、どうでもいい女と会ってんなら一緒だろ」

鷹野の手厳しい言葉に、三倉は思わずムッとなった。まあまあ、と榎本がとりなす。

「結果オーライだから、もういいだろ」

四人がいるのは鷹野の部屋だった。タワマンの一室は黒をベースにしたシンプルなインテリアで、あまり生活感がない。

最初、三倉が多城と会うと言った時、一緒に行くと言ってきた彼らを、大変な思いをして押しとどめたのだ。必ずきちんと言ってくるから、待っていて欲しい、と。

「ちゃんとケリつけられたんなら、俺はいいと思うけどね」

「ありがとう、榎本さん」

礼を言われて、榎本はびっくりしたような顔で三倉を見た。それから照れくさそうに頭をかく。

「いや、俺は、別に……」

「――――で、お前は俺達のこと、大事な人だって言ったわけ？」

今度は三倉が狼狽《うろた》える番だった。顔が赤くなり、俯《うつむ》いてしまう。

「すごく、考えたんだ。だけどやっぱりそうだなって」

「――あんなことをしたのに？」

佐埜の言葉に、こくりと頷《うなず》いた。

「始まりはめちゃくちゃだったけど、結果的に、あなた方は俺の中の鬱屈《うっくつ》みたいなものを解放してくれました。こんな欲望は抱いちゃいけないっていう考えを壊《こわ》してくれた」

快楽に弱い本来の自分を満たすための行為を、してはいけないと戒《いまし》めていた。その枷を無理やり剝《は》ぎ取ったのは彼らだった。

「なら、俺も言わなくちゃならないかな」

先に言ったのは佐埜だった。

「俺は先生のことが好きですよ。最初に会った時から」

「えっ」

「佐埜さん、抜け駆け――――」

「タイミングが来たんだ。たとえ抜け駆けでも言わせてもらう」

何か三人で取り決めをしていたのか、多少の悶着《もんちゃく》の後に佐埜は続けた。

「料理が趣味で、先生の教室を選んだのは本当に偶然《ぐうぜん》でしたけど、あのアプリに登録していた人と同一人物だと知って、俄然《がぜん》、興味が湧《わ》きました。どんな人なんだろうって。それで注意深く見ているうちに、好きになったわけですが」

佐埜はそこでにやりと笑った。

「一度、舐めさせていただいて、あまりにおいしかったので、これは離してはいけない人だなと」

そんなことを真面目《まじめ》に言わないで欲しい。三倉は恥じらったが、佐埜が真面目に言っていることがわかった。素直に嬉しいと思う。

「……それなら、俺だって言わせてもらうけど」

榎本がむっつりしたような声で言った。

「ミクちゃんに似ているからでしょ」

「それも理由のひとつだけどね」

鷹野の突っ込みを、あっさり肯定《こうてい》してから彼は告げる。

「とにかく顔が俺好みだった。あと、舐めた時の味も最高。俺は舐《な》め犬《いぬ》だから、そこは重要視する」

榎本の言葉はやっぱりよくわからなかった。だが彼にとっては大事なことなのだろう。三倉はそういう彼が嫌いではない。理解できない時もあるが、それも込みでおもしろいと思う。見ていて飽《あ》きない。

「――俺は、高校の時から、お前のこと気にしてた。それは前に言ったよな」

「うん」

「だから、今会えたのは運命なんじゃないかって思ってる。もう離したくない」

「――――」

そんなにストレートに言われてしまっては、三倉は受け止めるしかなかった。三人の男達と同時に付き合うなんて、そんなことが許されるのだろうか。以前の自分なら、そう思い悩んだだろう。けれど今は、許されなくとも大目に見てもらえないだろうか、という気持ちになっている。

「俺も、佐埜さんも榎本さんも鷹野も――、好き、です。欲張りかなって思うけど」

「先生が欲張りなのは、よく知ってますよ」

佐埜の声に、いたたまれなくなって肩を竦めた。

「でも、そういう欲張りな三倉先生が俺はいいと思う」

「榎本さん…」

「何も望んでいません、みたいな顔してそういうのって、ギャップ萌《も》えみたいなとこあるよな」

「榎本君みたいなこと言うんだね、鷹野君」

「勘弁《かんべん》して下さいよ」

一連の会話に、思わず笑いを漏らしてしまう。三倉自身、そのままでいいと言われたような気がした。

「──ともあれ、お仕置きはするけどな」

「え？」

「俺達に黙《だま》って、女とデートしたんだ。それは必要だろ」

「デートなんかじゃない」

「少なくとも向こうはそのつもりだったんじゃないでしょうか。俺が見た時はホテル街のほうに引っ張られていってたみたいだし」

「それは重大じゃないですか」

佐埜の言葉で決定的になってしまった。というか、彼らは何かしら理由をつけて三倉をお仕置きしたいのだ。それはもうわかっている。

そして三倉のほうも、それが嫌ではないということも。

「……わ、わかった。それで、皆の気が済むのなら」

こういう自分は少し卑怯《ひきょう》だなと思う。彼らのせいにしてしまっている。

けれど、彼らは許してくれるのだ。責任を被《かぶ》ってくれている。優しいから。

そんな男達と出会えた自分は、とても幸運だとさえ思うのだ。

「じゃあ、こっちに来な」

鷹野が寝室へと誘導《ゆうどう》する。どこかふらふらとした足取りで、三倉はついていった。

ドアを開けた時、そこに奇妙《きみょう》なものを発見する。

「これは…」

最初に見た時は、大きな座椅子《ざいす》のようなものに見えた。けれどそれは微妙《びみょう》なラインを描《えが》いた黒いウォーターベッドのようなものだった。両側の側面にいくつか枷《かせ》のようなものがついている。それを見た時、これがどのように使用されるのか理解してしまって、三倉の頭と身体がカアッと熱を持つ。心臓が駆け足を始めた。

「これ、お前一人で膨《ふく》らましたの？」

「コンプレッサーであっという間ですよ」

榎本の問いに鷹野が答える。佐埜が三倉を優しく見つめた。

「先生はこれに拘束《こうそく》されて、俺達に身体中しゃぶられるんですよ。足なんか、大きく開かれたままだ」

「そ、そんなの、いつもと変わらない……」

「確かに。でも、両手も両脚も拘束されたら、もう絶対に抵抗はできませんよ。俺達が気が済むまで舐められなくちゃならない。耐えられますか？」

ドク、ドク、ドク…と、胸の鼓動《こどう》が大きく鳴り響いている。ぎゅう、と握ったてのひらは汗《あせ》ばんでいた。不安と興奮が交互《こうご》に突き上げてくる。

「三倉」

鷹野が、ぽんっと肩に手を置いた。

「服、脱ごうか」


「いい格好だな」

拘束ベッドに磔《はりつけ》にされ、三倉は大きな座椅子の側面に両手首と足首を固定されている。枷はマジックテープで作られた簡易的なものだが、自由を奪うには充分なものだった。

三倉はまるで標本《ひょうほん》にされて、ピンで留められた蝶《ちょう》のようにそこから動けない。

「あ、あ……」

裸の身体を男達の視線で撫でられていた。恥ずかしいところが丸見えになってしまっている。

三倉は拘束された姿勢のまま、ベッドの上で身を捩らせていた。

「やらしいったらないですよ、三倉先生」

榎本が興奮したように言う。三倉の脇《わき》に身を寄せると、ぷつんと勃ち上がっている乳首をぴん、と指で弾いた。

「んあっ！」

「縛《しば》りつけられて興奮してるんですか？」

「……っ」

吐き出す息が震える。

「先生、目が潤んで、頬もピンク色で唇も濡れてて…、マジでエロい顔ですよ。めちゃくちゃにしたくなる」

「そ、そんなふうに、言わないでください……」

三倉はあまりの羞恥《しゅうち》に顔を逸《そ》らした。すると耳の穴の中に舌先を差し込まれ、くちゅくちゅと嬲《なぶ》られて、ビクン、と身体が跳ねる。

「あ、あぁあっ」

「耳弱いですもんね」

濡れた音がひどく嫌らしく響いて、頭がおかしくなりそうだ。背中から腰にかけて、ぞくん、ぞくん、と官能《かんのう》の波が這い上がる。

「こっちもしてあげましょうか」

反対側の耳に佐埜が口を近づけてきた。にゅる、と耳の中に舌先を差し込まれ、内部をくすぐるように動かされる。

「あうぅ、う、ふ、く…っ」

両方の耳穴を嬲られ、身体中が細かく震えた。

身を灼く。

耳を責められただけで、いとも簡単にこんな状態になってしまった。恥ずかしさが、カアッと

鷹野の声に目を開けると、自分の股間のものが張りつめ、隆起している様が飛び込んでくる。

「お、勃ってきた」

「お前は本当に虐められるのが好きだよな」

「…っ、うう、ふ…っ」

鷹野の指が伸びてきて、腰骨から脇腹《わきばら》にかけてを指先でそっと撫で上げられた。敏感な場所へのその行為に、拘束された身体がビクン、と跳ねる。

「ああっ…、やぁ、あ…っ」

「くすぐったいのも、たまんねえだろ」

「あ、あっ！　あっ！」

鷹野の指先が脇腹で細かく動いた。その感覚に耐えかねて、全身がガクガクとわななく。耳への刺激と相まって、それだけでイってしまいそうだった。そしてさらに胸の上の突起が、鷹野の舌先で転がされる。

「ひぁ、あ～～っ」

異様な快感に頭の中がかき回されるようだった。それは触れられていない股間の肉茎にも響いて、三倉は何度も腰を浮き上がらせる。

「あ、ひぁ、あん、ああっ」

鷹野の指が脇の下にまで伸びてきて、柔らかい肉を優しくかき乱す。そうされると、身体中の快感の神経がびりびりと反応するようだった。肉洞の奥がきゅうきゅうと収縮《しゅうしゅく》する。

「あっ、あ…っ、だめ、イく、イくから、ぁ…っ！」

次の瞬間、三倉は全身を大きく震わせたかと思うと、思い切り身体を反らせた。肉茎の先端からとぷん、と白蜜が零れる。

「はう、う、あぁぁ…っ」

上半身だけの愛撫で達する感覚は、身体の芯《しん》がもの凄《すご》く切なくなる。しつこく絡みつく快楽の残滓《ざんし》が、もっと欲しいと訴えているようだった。

「もうイってしまったんですね。可愛いですよ」

佐埜の低い声が鼓膜を甘くくすぐる。はっ、はっ、と息を乱す三倉の目は潤んで陶然としていた。

「…ここ」

「あっんっ！」

愛液で濡れた、中途半端《ちゅうとはんぱ》に勃起している肉茎を、榎本の指先で撫で上げられて、三倉は声を上げた。今日はすぐに触ってもらえるのではと期待して腰が浮きかける。

「刺激されないままでイくのって、どんな感じですか？　つらいです？」

「ん、ん…っ」

三倉はこくりと頷く。本当はつらいだけではないのだが、焦れったいことには変わりはなかった。

「でもなあ。今日はお仕置きってことだし」

そう言いながら、榎本は指先で三倉の肉茎を優しく撫で上げる。先端から溢《あふ》れる愛液で指が濡れ、ちゅくちゅくという音を立てた。

「あ、あ…っ」

そんなわずかな快楽でも、三倉は敏感に拾ってしまう。そこでイきたくてたまらなくて、どうにかして射精の糸口を掴もうとした。それなのに。

「榎本君、あまり触ると、先生がイってしまうよ」

「おっと、それはダメですね」

「んぁっ…、あ、だめじゃ、な…っ、もっとぉ…っ」

離れてしまった愛撫が欲しくて、手脚を拘束されたままの身体を捩らせる。もしも今、両手が自由だったら、自身の肉茎を握って激しく扱《しご》き立てていただろう。それほどにもどかしかった。

「他の場所で気持ちよくしてあげるから、我慢していてください」

ふいに三倉の両脚の枷が外された。自由にしてくれるのかと思った時、今の場所よりもひとつ上の位置でもう一度足首を固定される。

「あっ！　この格好……っ」

今の三倉は、M字の形に両膝を曲げて開脚しているような体勢だった。さっきよりももっと恥ずかしい格好にされて、羞恥と屈辱《くつじょく》が身体を炙《あぶ》る。

「ああ…っ、いやだ、そんな…っ」

「恥ずかしいか？　三倉」

鷹野が三倉の膝頭を撫でながら囁いた。

「は、恥ずかしいに、決まってて……！」

「でもお前、恥ずかしいの好きだろう？　こうして身動きできない状態で責められるのとかさ」

そんなの好きじゃない、とは言えなかった。意地悪く焦らされて、こんな格好にされて、三倉の肉体は勝手に暴走《ぼうそう》しそうになっている。虐められ、追いつめられるのが、どうしようもなく興奮を煽《あお》るのだ。

「いい子だな」

鷹野は三倉の唇に軽く口づける。

「お前の期待に応えて、うんと虐めてやるからな」

その時、三倉の最奥が、ぐっと押し開かれた。榎本が双丘を開き、後孔の入り口に舌を伸ばす。くちゅ、という音と共に、そこが舐め上げられた。

「あ、ああ～っ」

腰から背筋にかけて恐ろしいほどの愉悦《ゆえつ》が這い上がる。榎本の執拗《しつよう》な舌の動きに肉環が身悶《みもだ》えているように収縮した。ほんの入り口を舐められ、中の肉洞がもどかしげにうねる。

「ああっ、ふあっ、～～っあぁぁあっ」

それでも前方の肉茎が触れられることはなかった。後ろへの刺激でどんなに感じても、そこはまだ放って置かれたままだ。いずれはここにいる男達全員に、ねっとりと舐めしゃぶられることになるだろうが、それまでは無視されるのだ。

「あ、ひ…っ、ああう、やぁ…っ」

「お尻を舐められるのも気持ちいいでしょう？」

佐埜が耳元で囁く。

「お前はもう、気持ちよくないとこなんてないもんな」

俺達がみっちり可愛がってやったから、と鷹野が言う。

「可愛そうだから、もうひとつお前の好きなとこ舐めてやるよ」

鷹野は三倉の乳首に舌先を這わせた。佐埜も倣《なら》って、反対側のそれを舐め転がす。

「ふう、ううっ！」

そこは刺激されるとすぐに膨らんで赤く色づいた。ぷっくりとした突起を舌で撫でられ、ちゅううっと吸われて、甘く爛《ただ》れた痺れが全身へ広がっていく。

「あぁぁ…んん～～っ」

もう我慢なんかできなかった。身体がグズグズに蕩けていく。乳首と後孔を舐められる快感が、三倉の理性を溶かしていった。恥ずかしいのも、屈辱なのも、すべて快感に置き換えられていく。

「は、ぁあっ、ああっ、そ、れ…っ、ああんんっ！」

後孔の中に唾液を押し込まれ、三倉の腰がぶるぶると震えた。肉洞の中がじわりじわりと痺れていく。その感覚と乳首をねぶられる刺激が体内で繋がった。

「あっ、ひぃ――…っ」

また、絶頂が三倉を捕らえる。ぐううっ、と背中を反らせ、喉を仰け反らせて極めた。今度は射精を伴《ともな》わない。

「上手にイけましたね」

佐埜がまた乳首に舌を這わせながら褒《ほ》めてきた。乳首でも達したので、舐められる度にびくん、びくんと身体が跳ねる。

「あ、ぁ――あ、あっ、んんっ、や、やぁ…っ！」

三倉はそれからも、性器以外の場所を舐め回された。脇の下の窪《くぼ》みや、臍《へそ》や、足の裏という刺激に弱い場所はもちろん、足の付け根や内腿など、際《きわ》どい部分にまで舌を這わされる。

「あっ、あぁ…うっ、ひ…っ、ひぃ…っ、ゆ、ゆるし、て…っ」

その間も三倉は何度かイかされていた。身体の至る所で快感が爆《は》ぜて、その度に腰の奥が狂おしくうねる。股間のものはもうぐっしょりと濡れていて、下生えをも濡らして、後孔のほうまで愛液がつたっていた。頭の中が煮《に》えたぎって、ぐちゃぐちゃになっている。

「あうっ、あううっ…」

「先生、すごいですね。もう身体中でイっているじゃないですか。ここに触れられてないのに」

榎本の指先が、三倉の肉茎を羽毛のようなタッチでなぞった。その瞬間にびりびりと身体が痺れて、思わず腰が浮き上がる。

「あぁあ…っ、も、もっと…っ」

もっとして欲しい。思い切りしゃぶって、吸い上げて欲しい。泣くまで舐めて欲しい。

「く、う、ぅぅう…っ」

「先生、この先、俺達にずっと舐められると約束してもらえますか？　この美味な身体を俺達に提供してくれると」

朦朧《もうろう》とした頭の中に、佐埜の言葉が滑《すべ》り込んでくる。それは三倉の理性を搦《から》め捕《と》って、どこかへ連れて行こうとしていた。

「…っし、していい、からっ…」

「いいのか？　今みたいに、ずっとここは焦らすぞ？　お前が焦れて焦れて、泣くほどよがってから、最後にしゃぶってやる。でもその時は腰が抜けるほど舐めてやるから安心していいぞ」

「ふっ、あっ、あっ……！」

鷹野の声に喉が仰け反った。彼の言葉に興奮してしまったのだ。これから、自分が受けるだろう仕打ちに。

三倉の濡れた唇が途切《とぎ》れ途切れの声を漏らす。

「そ、れで、いいからっ…、俺の身体、好きなようにして…っ、舐めて、犯してっ」

心からの欲情が言わせた言葉だった。自分は『こういうこと』が好きで、いやらしい人間なのだ。けれど、誰でもいいわけじゃない。ちゃんと好きな男《ひと》でなければ、何もかも差し出すわけにはいかない。

「俺達でいいのか？」

鷹野の声が耳に注《そそ》ぎ込まれる。

何を言っているんだろう。三倉をこんなにしたのは、彼らだというのに。

「う、ん…っ、いいっ、佐埜さんと、榎本さんと…鷹野が、いい…っ」

そう答えた次の瞬間、榎本の頭が股間に沈み込み、勃起している三倉のものが根元まで口に深く含まれた。

「…あ――――〜〜っ、〜〜っ、っ！」

頭の中が真っ白になる。目の前にバチバチと火花が散ったような気がした。限界まで放っておかれたものをぬるりと熱い粘膜《ねんまく》で包まれ、ぢゅううっ、と吸い上げられる。三倉はあっけなく達し、榎本の口の中に白蜜を思い切り吐き出した。

「あっ、ひっ、いぃ――――〜〜…っ」

強烈な絶頂の中、三倉は高いところに引き上げられ、また一気に落とされるような感覚を味わった。榎本はじゅるじゅると白蜜を吸い上げながら裏筋を舐め回してくる。

「うっ…、あ、ああぁぁあ、や、い、イったのに、ぃ…っ」

「こうされたかったんでしょう？」

確かにそうだったのだ。極めたばかりのものを続けて舐められた三倉は、榎本の口淫に何度も背を仰け反らせて喘いだ。

「はっ、は…っ、はあ……っ」

下半身全体が痺れてしまった頃、榎本はようやく股間から顔を上げた。次に佐埜が脚の間に来る。また口淫されると思っていると、彼は自身を引きずり出し、それを後孔の入り口に押し当てた。

「今度は違う刺激をあげましょう」

「あぁっ！」

ずぶずぶと腰を進められて、奥まで貫かれてしまう。榎本の舌によって蕩かされていた場所は、佐埜の長大なものをなんなく受け入れた。

「はっ…う…っ、あぁぁあ……っ」

佐埜は入り口から奥までをじっくり擦るように動いた。ゆっくりと、だが重い突き上げが、ずうん、ずうん、と三倉の内部を突く。

「あっあっ…、んあぁっ、あっ」

たった今、前での絶頂を味わったばかりなのに、間を置かずに後ろを犯されて、種類の違う快感に身体が慣れない。

「三倉、気持ちいいか？」

鷹野が質《たち》の悪そうな笑みを浮かべながら聞いてくる。三倉はろくに答えることができなくて、ただ気持ちいい、気持ちいいと繰り返した。

「そうか、じゃあ…、もっとよくしてやるな」

「え、あ、あ…っ、ふぁああっ」

佐埜に突き上げられ、股間でびくびくと震えている三倉の肉茎に、鷹野が舌を這わせてきた。

「っ、あっあっ、んあぁああ」

前後に同時に快楽を与えられて、目も眩《くら》むような快感が襲ってくる。鷹野に裏筋を舐められ、先端を指の腹で擦られると、佐埜を咥え込んだ内壁がきゅうきゅうと締め上げた。

そして上半身には榎本が舌と唇を這わせ、さんざんしゃぶられて膨らんだ乳首を舌で転がしてくる。

「っ、す、ごい、あっ、こんなのっ、あぁぁぁっ」

もうどこが一番気持ちがいいのかわからない。彼らの舌と唇、そして男根が、三倉を恍惚と忘我《ぼうが》の彼方《かなた》へと誘《いざな》っていく。そして佐埜の先端が、三倉の奥の奥をこじ開けてきた。

「あ――あっ！？」

こじ開けられる、ごりゅ、という感覚。その瞬間に身体中が総毛立《そうけだ》った。

「な、に、んあぁあっ」

「ここが一番気持ちよくなれる場所だよ――。さあ、奥の口を開けて、俺を食べてくれ」

「んん、くぁあっ！　あ、ひ、――～～っ」

ずちゅん、という感覚と共に、佐埜のものが一番奥をこじ開けて這入ってきた。それまでも充分に中で感じて達してはいたが、それよりももっと強い悦楽が、ぶわっと込み上げてくる。

「っ、ア――……っ」

どこかへ放り出される。こんな快楽がこの世にあるということを、三倉はこの時初めて知った。

「奥、ぶち抜いた？」

「ああ。すごい、な、ここは――」

三倉の最奥の媚肉が佐埜に絡みつき、しゃぶるように吸い上げる。

「あ、あ、だめ、そこだめっ」

佐埜のものが、その場所を捏《こ》ね回す度に絶頂が込み上げてくる。三倉の脚を拘束しているベルトがギシギシと音を立てた。

「一番奥に出しますよ、先生」

「だめ、ああっ、ほんとだめ、だからっ、そこは、あっ、あぁぁああっ」

「くっ……！」

取り乱したように喘ぐ三倉の奥に締め上げられ、佐埜はその肉洞に射精する。奥の奥を濡らされる感覚に、三倉は仰け反り、ぶるぶるとわなないて快楽に耐えた。絶頂はなかなか引かない。

「ふう――」

佐埜が長いため息をつき、満足したように三倉の中から引き抜く。

「素晴らしかったですよ。先生」

「あ、あ……」

今度は榎本が三倉の中に挿入した。彼の男根もまた、さっき開かれたばかりの奥を目指して突き上げてくる。

「んあぁあっ、もうっ……！」

もう許して、と三倉は訴えた。こんな快楽にはそうそう耐えられない。

「ダメですよ、お仕置きでしょう?」

そうだ。これはお仕置きだったのだ。三倉が彼らに黙って女性と出かけてしまったことへの。

「ああ…あううう…、～～っ!」

榎本が腰を使う度に、ぐちゅん、ぐちゅん、といやらしい音が響く。三倉はそれを聞いて一層《いっそう》興奮し、拘束ベッドの上で不自由な身体を捩った。股間では相変わらず鷹野が三倉のものに舌を這わせている。上半身も佐埜が唇と指を這わせていて、身体中が気持ちよかった。もう何度達しただろうか。

「あううっ…、ぐりぐり、されると……っ」

「気持ちいいですか?」

「あっあっ、ぃい…っ!」

自分でも知らなかった場所を暴《あば》かれ、三倉は榎本の下で恍惚と啼泣《ていきゅう》した。肉洞がひくひくと蠢き、穿《うが》ってくる榎本を締めつける。三倉の中で、彼が大きく脈打った。

「ああ、クソ――、ダメだ」

榎本は腰を震わせたかと思うと、三倉の奥に思い切り飛沫《しぶき》を叩きつけた。

「っ、ふ、あぁあ――～～っ」

それを受けて、強制的に道連れにされてしまった三倉は、びくびくとわななきながら達する。

「ドライでイってるからか、吸っても出ねえなあ、ここ」

「んっ、ひゃうっ」

鷹野に先端を強く吸われ、三倉はビクン、と大きく跳ねた。これまで後ろでの快感に集中していたせいか、鷹野の言う通り、そこは極めても射精していなかったらしい。だが榎本が自身を引き抜いたせいで、また肉茎に意識が向くようになってしまった。

「俺が挿れる前に、出しとこうな」

「あんっあっ、や、やあぁ……っ」

そそり立ったものが、鷹野の口の中でぐちゅぐちゅと扱かれる。丁寧に先端を舐められ、中で得る快楽とは別の種類の快楽が込み上げてきた。

「う、あ…っ、ふあぁあ……っ！」

下肢を震わせ、三倉は鷹野の口の中に射精する。彼はそれを飲み下した後、ようやっとそこから顔を上げた。

「じゃあ、もう少しがんばろうな」

頬を撫でられて、三倉はどこかホッとしたものを感じる。鷹野が脚の間に移動し、自身を引きずり出した。天を向くそれを目にして、思わず喉が上下する。今からあれで犯されるのだ。さっきと同じように。

「んんっ…、んう——…っ」

こじ開けられる。

「ああ、すげえ熱い…っ」

鷹野のものに内部を押し開かれると、身体中がぞくぞくとわななないた。

「俺も、奥にぶち当ててやるからな…っ」

「あううんっ…！」

媚びたような声が漏れる。感じる粘膜をすべて擦られて、三倉はもうイきかけていた。鷹野の先端がこじ開けられた奥の場所に当たると、全身にぞわぞわと官能の波が走る。やがて彼のものが、ぐちゅん、とそこを貫いてきた。

「あはぁああぁ…っ」

絶頂に突き上げられ、三倉は泣き喘ぐ。鷹野が一突きするごとに下腹の中にじゅわじゅわと快感が広がった。そして鷹野の抽送《ちゅうそう》だけではなく、また身体の至る所に男達の舌と唇が這う。肌を滑るその感覚は、過敏になっている身体にはたまらないものだった。

「ひ、ぃ――…っ、あっ、あぁあぁ」

三倉は喘ぐことしかできず、男達から与えられる快感を必死で受け入れる。

「…っ三倉、三倉…っ」

切羽詰《せっぱつ》まった調子で名前を呼ばれ、ふと目を開けると、鷹野が唇を重ねてきた。

「んん、ん…っ」

今の状態で口を塞がれるのは、少し苦しい。けれどそれは甘やかさを伴うものだった。

「出すぞ、三倉…っ」

「…っあ、あぁぁっ、だ、して、奥……っ！」

鷹野が低く呻き、最奥にしとどに白濁を打ち付ける。その瞬間に三倉も、身体がバラバラになるような絶頂感に襲われた。同時に、強烈な多幸感が湧き上がる。

こんなふうに、拘束され、無体なことをされ、身体の奥の奥まで暴かれても、それでも今の三倉は幸せだった。

やがて身体の力が抜け、ふわふわとした闇《やみ》に包まれる。その心地よさに誘われ、三倉はゆっくりと意識を手放した。


「――三倉、三倉」

軽く頬を突かれる感触に、三倉は睫《まつげ》を震わせた。ゆっくりと目を開けると、目の前に鷹野の顔と、それから佐埜と榎本もいる。

――ああ、俺は気を失ってしまったのか。

「大丈夫ですか？」

「は、い、……っ」

佐埜の声に答えようとすると咳《せき》込んでしまった。気がつけば、身体は自由にされている。さっきまで固定されていた拘束ベッドではなく、ちゃんとしたベッドに寝かされていた。鷹野がいつも寝ているベッドだろう。彼の匂《にお》いがした。

「先生、水」

「あり、がとうございます」

榎本からペットボトルを受け取ろうとして、三倉はそれを取り落としそうになった。長時間、腕を拘束され、しかも無意識にもがいて力を入れていたためか、少し痛めてしまっている。

「ほら」

鷹野がキャップを開け、それを三倉の口に宛《あて》がった。冷たい水がさんざん喘いで荒《あ》れた喉を潤す。半分ほど一気に飲んだところで、直接手を寄せた。鷹野はペットボトルを三倉の両手に握らせる。

「だいぶ無理させてしまいましたね。すみません」

佐埜が申し訳なさそうに言う。

「だいぶ無理、どころじゃないですけど……」

両脚もずっと曲げ続けていたせいで関節が痛い。今歩いたら絶対にふらついてしまいそうだ。そもそも腰が立たないかもしれない。

「まあ、今回はお仕置きだったので、しょうがないです」

そう言うと、彼らは顔を見合わせた。

「なんですか」

「いや、怒ってないのかなって……」

榎本の言葉に、三倉は小さく笑った。

「だって、俺が悪かったので」

「いや、悪くないと俺は思います」

意外な榎本の返事に、三倉は少し驚《おどろ》いた。

「今回のはなんか、俺達の焼き餅《やもち》っていうか…、三倉先生が女の子とデートしたり、そもそもそれが元彼絡《がら》みっていうのが気にいらなかったんだと思います。本来、先生の行動を制限したりとか、俺達ができるわけがないので」

きまずそうに、それでも一生懸命《いっしょうけんめい》説明する榎本を、三倉は不思議な気持ちで見つめる。見れば佐埜と鷹野も同じような顔をしていた。

「…そう、なんですか?」

「俺達は別に先生のことを束縛《そくばく》したりとかは、まあしたくないとはいいませんが、しませんので」

「どっちなんですか」

おかしくなって笑う。

「俺だっていい大人だし、仕事とか色々あるから、束縛されたくはないですけど、でも今までそう思ったことはないですよ」

「それならよかったです」

佐埜がホッとしたように息をついた。

「けど、プレイでだったらいいんだろ。まあ今回みたいなのはしばらくねえよ」

「そうだな——。しばらくはなしで頼む」

さすがにああいうのをしょっちゅうしていたら身が保《も》たない。というか、絶対に日常生活に影響《えいきょう》が出そうな気がする。

「ところであの——……、奥……に、挿入《い》れていたあれは……」

どうにも気になって、恥ずかしさを忍んで聞いてみた。自分の中にあんな場所があったなんてびっくりだった。

「ああ、あれな。深いところに壁《かべ》があって、そこを抜けると、えらくいい場所があるんだってよ。けどいきなりやったら気持ちいいどころじゃないから、タイミングを計ってたんだぜ」

彼らはいずれそれをやるつもりで、三倉の中を丁寧に慣らしていたという。

「なんとなく大丈夫そうだったので進んでみたんですけど、やっぱり三倉先生には才能がありますね」

「普通は、あんなに早くできないものらしいので」

佐埜と榎本に言われて羞恥に固まる。正直、行為の最中の最後のほうはよく覚えていない。三倉自身そういう場面になると思考が飛んでしまうことも多いので、後で素面《しらふ》に返ると死にたくなることもある。それとも才能とは、そういうことなのだろうか。聞いてみたい気もしたが、またとんでもないことを言われそうなのでやめた。

「ところで腹減りませんか、先生」

「あ――、何か作りましょうか」

佐埜に言われて起き上がろうとしたが、うまくいかなかった。腰から下に力が入らない。

「ああ、無理しないでください。俺達が作りますから」

「鷹野君、冷蔵庫に何ある？」

「酒しか入ってないっすよ」

「君、仮にも料理教室通ってるんだから、少しくらい自炊《じすい》しなよ」

「よけいなお世話だよ、おっさん」

「は⁉」

鷹野の言葉に榎本が気色《けしき》ばむ。佐埜が面倒くさそうに仲介《ちゅうかい》した。

「口喧嘩《くちげんか》で鷹野君に勝てるはずないんだから、やめておきなよ、榎本君」

「いや、ガチでやり合ったとしても俺の勝ちでしょ」

確かにそれはそうかもと思う。ホストで外交的な鷹野に、エンジニアの榎本が勝てるとは思えない。イメージの問題ではあるのだが。

「俺の実家は古武道《こぶどう》の道場をやっていて、俺も小さい時から習ってるんだけどね」

「マジかよ。それでどうしてそんなオタクが出来上がるんだよ」

どうやらイメージは覆《くつがえ》されたようだ。

「まあ、材料がないなら仕方ない。デリバリーでもとるか。先生は何が食べたいですか？」

「ラーメンですかね…」

「あ、じゃあ俺、餃子《ギョウザ》付きで」

「俺も」

結局、皆でラーメンを食べて、風呂に入って、鷹野の部屋に泊まった。彼が佐埜と榎本を追い返してしまったので、鷹野と二人でベッドで寝た。彼はもう何もしないと言って、実際に何もしてこなかった。

「なあ、三倉」

「…ん？」

明かりを消した部屋の中、鷹野がぽつりと呟いた。

「後悔してないか？」

「何が？」

「俺達とこうなったこと」

彼がどんな表情をしているのか、よくわからなかった。けれど声の調子から、慎重《しんちょう》にこちらの真意を見定めようとしていることはわかる。だから三倉は言った。

「してないよ」

三倉は続ける。

「鷹野がそんなこと言うなんて、なんだかおかしいな」

「悪かったな」

ムッとした気配が隣から伝わってきた。

「でも、なんだか変な気分だ。高校の時は、俺は鷹野のこと何も知らなかったのに」

「今は?」

「どうだろうな」

身体の関係があっても、三倉は鷹野のことをよく知っているとは言えないだろう。彼には昔のことを聞かせてもらったが、共に時を過ごしてきたのとは違う。

だが、それが何だというのだろう。

これだけの強烈な体験は、それまでの時間をいとも容易《たやす》く飛び越えるものではないだろうか。

「でも、これから知ればいいだろう?」

「……そうだな」

彼が笑う気配がする。

「あの人達もおもしろい人だし、退屈《たいくつ》しない。俺はこうやって時々、お前のこと独《ひと》り占《じ》めできれば」

腕が伸びてきて抱きしめられた。ぴくりと反応する三倉の額《ひたい》に、彼は口づける。

「これだけだから」

「うん」

身体の力が抜けていく。眠気が訪れて、三倉はそっと瞼《まぶた》を閉じた。

書店は独特の匂いがする。紙と、インクの匂いだろうか。三倉はこの匂いが好きだった。料理をした時の食材の香りも好きだけど、本屋の匂いは心を落ち着かせてくれるものがある。

店頭から近い棚《たな》に、ディスプレイされている本があった。

『三倉杜望《みくらともう》、レシピ本！　重版出来！』

ＰＯＰにはそんな言葉が書かれてある。三倉の口が思わず笑みを形作った。

先月出したレシピ本の評判《ひょうばん》が上々で、売れ行きもとてもいいと出版社の担当者から連絡があった。気負わず手軽に出来て、しかもおいしい。そんなレシピばかりを集めてある。

その棚を通り過ぎて奥に進み、いつもの料理関係の書籍を物色する。

（こんなに奥まったところになくてもいいんじゃないかな）

三倉の本が売れているのなら、料理本自体がもっと前に出てきてもいいはずではないだろうか。

「三倉先生？」

声をかけられて振り返ると、佐埜が立っていた。仕事帰りなのか、すっきりとしたスーツを着こなし、紳士然としている。すれ違った女性客がちらりと振り返っていた。

「佐埜さん」

「奇遇《きぐう》ですね。こんなところでお会いするなんて」

「よく料理の本を買いに来るんです。この間、榎本さんともここで会いました」

「彼はこういうところによく来そうですね」

「佐埜さんは？」

「俺は時間潰《つぶ》しです。でも先に先生に会えた。よかった」

今日はこの後、四人で食事をする約束になっている。その約束の時間の前だった。

「佐埜さんは本とか読むんですか」

「読みますよ。仕事関係以外だったら、小説とか」

「どんなジャンルの小説ですか」

「実は時代ものが好きなんです」

「へえ、意外」

なんとなく、外国の原書を読みそうだと思っていた。そう言うと彼は笑う。

「たまには読みますけどね」

「やっぱり」

「でもやはり日本語の本が好きです」

「わかります。俺も料理本をたまに原書で買うんですが、細かいニュアンスの違いとかわからなくなることがあって」

「専門用語でなかったら、お手伝いできるかもしれませんが」

「本当ですか。じゃあ今度わからないところがあったらお願いします」

そんな会話をしながら店の中を歩いて行く。三倉が棚を見ていると、上のほうに気になる本があった。だが届かない。脚立《きゃたつ》を探していると、気づいた佐埜が声をかけてくれた。

「どうしました?」

「あの本が見たいんですけど、届かなくて、あの緑色の本です」

「ああ、ちょっと待ってください。とれるかもしれません」

佐埜が背伸びをしながら手を伸ばす。するとどうにか目当ての本に手が届いた。

「はい、どうぞ」

「すみません、ありがとうございます」

「お安いご用ですよ」

佐埜はにこりと笑った。こんなに親切で優しい男の人が自分と付き合っているだなんて、嘘のようだと思う。本屋で何気ない会話をしていると、よけいにそう感じられた。

「後は?」

「大丈夫です。これ買ってきますね」

佐埜は腕時計を見る。

「そろそろ行ったほうがいいかもしれませんね」

「わかりました。じゃあ買ったら行きましょう」

レジは少し混んでいた。会計が終わると、ちょうどいい時間になる。

待ち合わせはデパートの入り口にある大きな像の前だ。佐埜と一緒にたどり着くと、榎本と鷹野がすでに到着していた。

「あれ、なんで先生と佐埜さん一緒なんですか」

「本屋で会ったんです」

一瞬、榎本と鷹野の間に、面白くなさそうな雰囲気《ふんいき》が漂《ただよ》う。だが佐埜はまったく気にしていない様子で、「では行こうか」と告げた。

今夜の店は榎本が予約してくれた和の創作料理の店だ。入り口が目立たなく、足下に小さな看板だけが置いてあるという、いわゆる隠《かく》れ家《が》的な店だった。

「素敵なお店ですね」

個室に通されるまで、三倉は店の内装に目を奪《うば》われていた。光源は間接照明がメインのムードのある店だ。廊下《ろうか》の隅《すみ》など、細かいところにも気が利いている。

「榎本さんがこういう店知ってるなんて、意外」

「悪かったな」

鷹野の軽口に、だが自分でもそう思っているのか、榎本はぞんざいに返した。

「仕事の関係で一度連れて来られたことがあって、その時は俺が来るような店じゃないなーって思ってたんですけど、先生が好きそうだなって思ったんですよ。料理もうまいはずです」

「ありがとうございます。楽しみです」

三倉が礼を言うと、榎本は少し照れたような顔をする。

料理が運ばれて来た。どれも美しく盛り付けられ、味もよかった。三倉は特に鴨《かも》のローストが気にいった。

「美味しいですね、これ」

「塩のバランスが絶妙《ぜつみょう》ですね」

三倉が言うと、佐埜が同意して答えた。鷹野が無言で食べていたので、三倉が話しかけた。

「鷹野はこういう料理は嫌いか？」

「ん？　ああ、美味いよ。ただ俺はお前の料理のほうが好きかな」

さりげなく言われて、三倉は言葉に詰まる。「ありがとう」と言って少し赤面してしまった。

「鷹野君は卑怯《ひきょう》だなあ…」

「俺もそう思うよ」

榎本と佐埜がどこか拗《す》ねたような口調で呟く。

「何が」

「そんなふうに言われたら、俺も先生の料理のほうが好き、なんて言えないだろうが」

「え、なんで。言えばいいじゃん」

「――――あのですね」

三倉が会話に割って入る。

「俺の料理を褒めてくれるのはとても嬉しいけど、このお店の中で料理がおいしいと感じたら、ここの料理人が一番なんです。でも鷹野、ありがとう」

デザートまで楽しんで、三倉達は店を出る。

「どうする？　もう一杯《いっぱい》飲んでからホテル行くか？」

この後は四人で泊まることになっていた。三人の視線が三倉に集まる。いつの間にか、決定権が委《ゆだ》ねられてしまったようだ。

「え、え…と…」

ふいにどきどきしてしまって、言葉が詰まる。早くホテルに行きたいなんて言ったら、早くしたいのかと思われてしまうかもしれない。ここはどんなふうに言うのが正解なのだろうか。

だが、ふと思い直して、三倉は恥じらいながら告げた。

「俺は、もうホテルに行きたい」

美味しい店で食事をして、酒も少し飲んで、充分に満足した。となると、後は四人だけの時間を味わうだけだ。

するど三人の男達は、小さく笑いながら頷く。

「ああ、わかった」

「行きましょう」

「ですね」

彼らにばかり責任を負わせていては駄目《だめ》なのだ。自分たちのしていることが人には言えないことだからこそ、三倉自身も分かち合わなくては駄目だ。最近は、そう思うようになった。


「……こ、こ…？」

「三倉先生、普通のホテルは嫌だって言ってたじゃないですか。シーツ濡らすからって」

連れて来られたのはコテコテのラブホテルだった。三倉が戸惑っていると佐埜に説明されて、確かにそんなことがあったと自覚する。

以前は普通のホテルを使っていたのだが、ある時、三倉が潮《しお》を噴いてしまい、ホテルのシーツを濡らしてしまったことがあった。

彼らは気にしなくていいと言ってくれたのだが、それ以来、三倉は普通のホテルで事に及《およ》ぶことに抵抗を持つようになってしまったのだ。

「確かに、言いました。ここで大丈夫です」

わがままばかり言っていても仕方がない。それでも彼らは三倉の希望を聞き入れてくれたのだ。それに、誰が悪いのかと言えば、はしたない自分だ。

「別に俺達はどっちでもいいんですよ。潮まで噴いてくれるのなんて嬉しいし」

「それは言わないでください！」

榎本にとんでもないことを言われ、三倉は慌てて制した。だがその背後から、鷹野に抱きしめられる。

「まあ、ここなら潮も噴き放題だしな。安心してヤれるだろ」

「ん、あ…！」

後ろから耳を食《は》まれ、耳の形をなぞるように舌先を這わされた。三倉の背筋にぞくぞくと震えが走る。

「ま、待て、まだ、ま…っ」

「なんだよ、つれねえなあ」

「先に風呂に入ってからだ」

ぱっ、と鷹野から離れ、浴室のほうへと距離を取った。佐埜と榎本は冷蔵庫からドリンクを出し、思い思いに寛《くつろ》ぎ始める。

「いいですよ。ゆっくり入ってきてください」

三倉は身体中を舐められるため、最初に入念に風呂に入る。彼らは別に気にしない、と言うのだが、頭の天辺《てっぺん》から脚の爪先《つまさき》まで洗う必要があった。そのために多少時間がかかる。シャワーを浴びていると、これから抱かれるのだという実感が大きくなってくる。それはそれなりに回数を重ねた今も慣れることがない。

やはり、えらいことをしでかしているのだという自覚はある。彼らが皆独身で、誰に迷惑《めいわく》をかけることもないのがわかっているにもかかわらずだ。同性だからではない。多分、ただ一人の人を愛していないからだと思う。

——だが、それは仕方のないことだ。

彼らは三人で三倉の前に現れた。その中から一人を選べと言われてもピンと来ない。だからこれが、自分たちにとって一番しっくり来る愛し方なのだ。ただその方法が少し普通ではないだけ。

けれど、三倉はこれが気にいっている。いけないことかもしれないという気持ちはあるが、だからといってやめられるものでもない。

準備が完了した身体にタオルを纏《まと》って、浴室から出た。その瞬間に部屋の中にいる男達の視線がいっせいにこちらに集まる。まるで肉食獣《にくしょくじゅう》に見つかった哀《あわ》れな獣《けもの》のようだと思った。

「ずいぶんゆっくりでしたね。俺達を焦らすおつもりでしたか？」

「ゆっくり入ってって言ったのは佐埜さんですよ」

「確かにそうでした。けれど待つ時間はつらいものなんですよ」

腕を摑まれ、ベッドへと誘導される。三人の男が集まってきた。その様子を見る三倉は、ある種の期待と、そして微《かす》かな怯《おび》えをも感じていた。

「先生はいつも、少し怖がるような顔をしますね」

身体からタオルが取り去られる。湯上がりの、少し上気した肌が露《あら》わになった。

「まだ、怖いですか？」

「…そうかもしれない」

彼らではなく、我を忘れるほどの快楽が。

「可愛い奴」

脚の甲《こう》に鷹野が口づける。脚の指が口に含まれ、ちゅうちゅうと吸われていった。そこからぞわぞわとした愉悦《ゆえつ》が生まれてきて、息が乱れる。

「ん……っ」

「先生、俺とキスして」

榎本に顎《あご》を取られ、唇が重ねられた。すぐに忍び込んでくる舌は三倉のそれに絡んで、舌根が引《ひ》き攣《つ》るほどに弄《もてあそ》ばれる。鼻から抜けるような声が漏れた。

そして佐埜が後ろから三倉の首筋に顔を埋《うず》めて、胸元をまさぐり始める。指先で乳首を捕らえられ、優しく転がされた。じん、という感覚が込み上げて、身体中がたちまち燃え上がる。

今夜もきっと、わけがわからなくなるまでに、そうたいした時間はかからないだろう。

「あ、あ…っ」

この肌を、粘膜を味わって、舐め尽《つ》くして欲しい。それが自分の快感となるのだと、三倉は切望《せつぼう》した。

そして忍び寄るどうしようもない多幸感に、三倉はうっとりと目を閉じるのだった。

あとがき

こんにちは。西野花《にしのはな》です。「舐《な》め男《だん》～年上《としうえ》の生徒《せいと》にナメられています～」を読んでいただき、ありがとうございました。舐める攻めが好きで、舐め犬ものが書きたいとずっと思っていたのですが、タイトルに舐め犬はちょっとね～と言われて、「舐め男」なる名称を担当様が考えてくださいました。「なめだん」てよくないですか。キャッチーで素敵だと思います。

イラストの國沢智《くにさわとも》先生、いつもありがとうございます。國沢先生のどうあってもエロくかっこよくなる絵と構図が好きで、毎回とても楽しみにしております。

担当様もいつも申し訳なくなるほどお世話になっております。

昨年の年末に軽いパソコンを購入しまして、起動が速くてお気に入りです。なので最近は家の中をあちこち移動して原稿書いています。なんかどうしても、一カ所にずっといると駄目なんですね。しかし自室にスマホを置きっぱなしで着信に気づかないこともしばしば。……これからはスマホと共に移動します。

それでは、またお会いできると嬉しいです。

西野　花

【Twitter ID　hana_nishino】

Lovers Label

舐め男
～年上の生徒にナメられています～

ラヴァーズ文庫をお買い上げいただき
ありがとうございます。
この作品を読んでのご意見・ご感想を
お聞かせください。
あて先は下記の通りです。

〒102－0075
東京都千代田区三番町8-1
三番町東急ビル6F
(株)竹書房　ラヴァーズ文庫編集部
西野 花先生係
國沢 智先生係

2021年5月7日
初版第1刷発行

●著　者
西野 花 ©HANA NISHINO
●イラスト
國沢 智 ©TOMO KUNISAWA

●発行者　後藤明信
●発行所　株式会社　竹書房
〒102－0075
東京都千代田区三番町8-1 三番町東急ビル6F
email：info@takeshobo.co.jp
●ホームページ
http://bl.takeshobo.co.jp/

●印刷所　中央精版印刷株式会社